H. E. Saldivar

Luces en el cielo

El deseo de irse

Para Liliana

Índice

Las primeras luces 9

El gato y el ratón 33

¿Por qué soy así? 55

¡Cling! ¡Clong! ¡Clong! 87

No estoy loco 111

La huida 155

El deseo de irse 207

Acerca del autor 227

Otros libros por el autor 229

H. E. Saldivar

Las primeras luces

1

Silencio; oscuridad; movimiento incesante en dirección a sus pies. Está acostado, pero no en su cama. Intenta abrir los ojos, pero no puede en el primer intento; pareciera que tiene algo pegado en los parpados. Intenta abrir la boca, pero de igual manera hay algo que no se lo permite. «¿Movimiento en sus extremidades?», piensa. Primero un dedo; lo puede hacer pero muy lento. Hace lo mismo con otro dedo de la otra mano y la sensación es exactamente la misma. Intenta mover un pie; éste se inclina un poco hacia la derecha. Hace la prueba con el otro y se inclina un poco a la izquierda. Los intentos de movimiento son lentos; no hay nada que le impida hacerlo, al menos no siente resistencia inmediata; sin embargo son lentos, como si su cerebro diera la orden de moverse, pero sus sentidos están en cámara lenta: desfasados en el tiempo. Ahora prueba con lentitud flexionar una rodilla, pero aquí sí hay algo que lo limita, parece que sus pies están amarrados a la cama. Pronto se da cuenta que no son solo sus pies los que se encuentran de alguna manera atados, sino también sus muñecas y el cuello.

Empieza a sentir desesperación, pero no puede hacer movimientos bruscos para intentar zafarse. Está aletargado, como drogado. Una luz borrosa se asoma a toda velocidad por entre la pasta que cubre sus ojos en dirección de pies a cabeza. De pronto otra, y luego otra y así continúa por unos segundos. De a poco empieza a escuchar. Voces que no comprende debido a la constante fricción. Aire, brisa, rocío, chillidos. De nuevo esas luces tenues pero a gran velocidad. Y una horrible y deforme cabeza que se pone frente a sus ojos…

Sergio despierta agitado. Su corazón palpita demasiado rápido. De inicio no entiende donde está, pero mira hacia su derecha y ahí está su esposa, dormida plácidamente. Poco a poco va reconociendo su cuarto. Voltea hacia la ventana y aún no amanece. Notó que llovía. Estaba teniendo un sueño, que por una fracción de segundo se convirtió en una pesadilla. Sintió un poco de sudor en su frente; humedad en su labio superior que de inmediato lo talló con la mano. Se incorporó a paso seguro; su pie izquierdo toca el piso frío y mojado. Al instante recordó y maldijo —chingado, otra vez —. Había olvidado colocar la bandeja debajo de la habitual gotera. Cada vez que llovía debía ponerla y nuevamente lo olvidó. El agua se había extendido hasta la orilla de su cama;

continuó pisando sobre mojado y se encaminó al cuarto de baño, despacio y con el menor ruido posible para no despertar a su esposa. Ahí pudo prender la luz. Orinó, luego se acercó al lavamanos. Lo que vio en el espejo no lo asustó, pero si le extrañó; vio al mismo treintón de siempre, con ojeras pronunciadas, ojos alargados, nariz ancha, cachetes ya empezándosele a caer, lampiño y de labios tímidos; pelo largo enmarañado. Se dio cuenta que su cara tenía una mancha de color rojo obscuro por debajo de la nariz y se extendía atenuándose hasta el cachete; desvió su mirada hacia su mano y de igual forma había una mancha del mismo color en su palma. «Es solo sangre», pensó; esto ya le había ocurrido algunas veces, por lo que no le dio mayor importancia. Corrió la cortina de la regadera y alcanzo una bandeja azul.

Ya menos adormilado se dirigió de nuevo hacia su recamara, apagando la luz del baño y colocó de manera automática la cubeta en donde él aseguró estaría la gotera. Siguió su paso y volvió a la cama; ahí empezó la verdadera pesadilla. Dos horas continuas su cerebro lo obligó a pensar en todo lo que lo abrumaba: deudas económicas, desempleo, por qué no puede comprar una casa nueva y dejar el vejestorio en donde vivía; por qué a pesar de sus ya diez años de matrimonio no había hijos, y el hecho que al despertar su esposa lo increparía por aún no haber arreglado esa puta gotera y las otras tres que aquejaban la casa. Pensó, pensó y pensó, hasta que se quedó dormido de nuevo. Esta vez no soñó nada.

Luces en el cielo: El deseo de irse

Se despertó como a las nueve de la mañana. Su esposa Martha ya no estaba en la cama; de seguro ya estaría tomando café sentada en el comedor aquejada por sus propios pensamientos. Ella también sentía desasosiego por la situación, la económica y todo lo que a Sergio le inquietaba, pero la diferencia es que ella se guardaba la mayoría de las cosas; solo aquellas que podían adjudicar a lo concerniente con Sergio las exponía con prontitud. Martha era una mujer en toda la extensión de la palabra. En sus medianos treinta, estatura media, tez blanca y un cabello negro largo y rebelde. Abandonó, si se puede decir de esa forma, su seno materno alrededor de los veinte años con el fin de conocer el mundo y vivir de su arte; tenía un gusto culposo por esculpir; no lo había estudiado, de hecho aborrecía todo lo que tuviera que ver con un instructor o cualquiera que le dijera lo que tenía que hacer. Martha era un alma libre, autodidacta y muy entrona.

—Buenos días amor. —Se acercó adormilado Sergio para darle un beso en la frente a su esposa.

—Buenos días —contestó ella en voz a un pensativa y con poca expresión facial, lo que llamó la atención del esposo.

—¿Pasa algo? —cuestionó el hombre. Temía cualquier tipo de respuesta. Recientemente habían discutido de la nada por preguntas como ésta.

—Nada —dijo Martha manteniendo su nula reacción; sin embargo se alcanzó a notar un dejo de incertidumbre.

—¿Nada, de nada? o ¿nada, de tenemos que hablar?

—No quiero empezar —dijo ella haciendo una mueca y levantándose para llevar la taza a la tarja de trastes.

—Yo tampoco quiero empezar, pero si te pregunto es porque veo que estás o molesta o preocupada por algo. —En el fondo sabía que había un tema que los pondría en jaque por unas horas y si no estaban listos y escogían las palabras adecuadas podría ponerlos en jaque por varios días: las goteras.

—Es que no quiero repetir la misma historia de siempre —dijo ella—. Pero creo que ya sabes.

—Las goteras. —Sergio agachó la mirada. Quizás no en tono de vergüenza o de arrepentimiento sino tal vez en tono aburrido; incluso derrotado.

—Es que cada vez que llueve es lo mismo —comenzó Martha—. No quiero ser insistente. —Aunque si lo quería —Pero ya me está hartando el hecho de que no hayas arreglado el problema.

—Sabes que ahorita no tenemos dinero para que vengan a impermeabilizar la casa —comenzó Sergio a levantar gradualmente la voz—, y subirse al techo para ver en donde están las fisuras es muy difícil para atinarle a cuál es la que está ocasionándolo.

—No te pido que adivines —Martha empezó también a levantar tenuemente la voz en señal de desesperación—. Pero al menos quiero que intentes algo, si no es poniendo parches porque no estás seguro de dónde ponerlos, por lo menos ayúdame a pensar qué otra cosa podemos hacer. Ni siquiera he visto que hayas subido al techo en los últimos días. —Su tono empezó a aumentar de volumen y su boca a tensarse del coraje reprimido.

—¿Y qué esperas? ¿Me subo para que mágicamente se arreglen los problemas? —Ya esto se había convertido en una discusión hecha y derecha. Sergio abría los ojos en señal de reto hacia su esposa— ¿O prefieres que suba y le pida al cielo que deje de llover? Como si la respuesta estuviera en el cielo.

—¡No! La respuesta no está precisamente en el cielo —increpó Martha—. Ni te pido que reces, ni te pido que ayunes, ni nada por el estilo; te pido que busquemos una solución a nuestros problemas; te pido que no me dejes sola en tratar de encontrar la forma; te pido que por el amor de Dios ya te pongas a trabajar —gritó ahogadamente al tiempo que aventaba a la mesa el trapo con el que se disponía a limpiarla.

Martha se retiró del lugar sin dar tiempo a que Sergio replicara. Éste solo la observó con enojo e impotencia, pero la realidad es que no había mucho más que decir, al menos por el momento, pero a él le parecía que no debía quedarse callado.

—Volví a sangrar de la nariz —soltó de pronto, esperanzado a que esto preocupara a su esposa y se detuviera a analizar el tema, o ya por lo menos que hubiera un sesgo de empatía. Lo que sea con tal de cambiar de tema. Pero la opción era complicada, ya que el enojo en ambos estaba muy subido de tono.

—¿Y qué esperas? ¿Que vaya al hospital a donar sangre? ¿Acaso te estas desangrando? Es ridículo que me cambies el tema con estas pendejadas Sergio. —Y se alejó con rapidez azotando puertas.

En el fondo Sergio sabía que había lanzado un golpe bajo. En efecto, era su intención cambiar el tema, pero no estaba seguro que era solo por pendejadas. Sin mucho apuro se salió de la casa dirigiéndose a la parte trasera. «Como siempre, si no se trata de ella no es importante», pensó mientras tomaba la escalera. «A ver, ¿por qué chingados no te subes tú a revisar el techo? Pero aquí tienes a tu pendejo que te hace todas esas cosas». Su rabia le jugaba una mala pasada al hacerlo concentrarse solo en lo que ella le increpó. Colocó la escalera y se decidió a subir. «Golpes bajos los de ella», continuó con su monólogo interno: «si ya sabe que no he podido encontrar trabajo, ¿por qué me lo tiene que recordar a cada minuto?, como si yo no fuera capaz de darme cuenta que estoy... no, estamos en un problema los dos». Llegó al techo. Cada vez que subía no era para revisar las múltiples

Luces en el cielo: El deseo de irse

fisuras en la carpeta. Tampoco era para encontrar una solución de tajo al problema de las goteras; ese tiempo lo utilizaba para pensar, pensar y repensar todos sus problemas.

La casa era una pocilga. Vieja y descuidada por sus anteriores inquilinos y en los últimos siete años por Sergio y Martha. Pero era lo único que podía pagar de renta; bastante barata para que medio se completara la renta, la comida y los servicios con su raquítico sueldo de cocinero. Lo que no podían confrontar eran los gastos que requerían las muchas imperfecciones que casi a diario le salían a la casa. Muchas veces hablaron de la urgente necesidad de comprar su propia casa, no importando que fuera incluso más chica que ésta, con dos recamaras, al fin de cuentas solo eran ellos dos desde que se casaron y llegaron a este vecindario. Sin embargo el detalle del dinero terminaba por ser la causa de la mayoría de sus discusiones. Es justo decir que había épocas que dejaron de lado el tema y pactaron treguas para intentar disfrutar un poco la vida. Se amaban, no cabe la menor duda, pero el dinero es cabrón; no es la felicidad, como dicen por ahí, pero como ayuda.

En más recientes meses, la principal fuente de sus pleitos era la falta de trabajo especializado de Sergio. Desde que la pareja se casó, en el 2007, Martha trabajaba en una tienda de curiosidades con una pequeña galería de arte, y tenía el sueño de que algún día podría exhibir sus esculturas en ese lugar y venderlos. Sergio, por su lado, ha trabajado en la cocina de un restaurant de mediana fama en la ciudad. La especialidad eran los desayunos; era motivo de orgullo la imaginación y sazón que le ponía a sus creaciones; para el resto de las comidas se limitaba a seguir las recetas dictadas por el establecimiento. Sergio mantenía el sueño de algún día poner su propio restaurant que lo sacaría de pobre.

Un par de años después del matrimonio, Martha animó a Sergio a que concluyera sus estudios, en aras de mejorar los ingresos. No muy convencido de que fuera una buena idea, se matriculó en la Universidad en la carrera de Ingeniería Industrial Automotriz y en solo tres años y medio logró terminar la carrera.

El paso estaba dado, sin embargo aún no había rendido frutos como Martha lo planificó. Habían pasado ya casi cuatro años de terminar la carrera y no había podido encontrar el trabajo idóneo. Solo una compañía de frenos lo había reclutado, pero el trabajo le duro solo un mes y medio, cuando descubrieron que las balatas estaban hechas a base de asbesto y multaron a la compañía obligándola a cerrar; no hubo ningún tipo de indemnización para los trabajadores. Sergio tuvo que regresar a la cocina; gracias a sus buenas referencias no batalló en reingresar.

Durante ese tiempo se habían planteado la posibilidad de iniciar su propio negocio de comida. Si bien no era lo que Martha visualizaba, no era del todo reacia a la idea. Platicaron el qué y el cómo, pero no muy claro el cuándo; y ahí se atascaban. Mientras tanto, Sergio mantuvo una constante

Luces en el cielo: El deseo de irse

búsqueda de trabajo de Ingeniero, pero entre más pasaba el tiempo, se sentía menos atraído por la idea de vivir el resto de su vida atado a una empresa multinacional que no le dejara beneficios tangibles para él y su familia, otros distintos a un sueldo fijo y un seguro de gastos médicos fijo también. Esto era seguridad, a Sergio lo movía la incertidumbre.

La realidad es que, si bien el dinero era el tema central de sus discusiones, existían un desglose de problemas que, de una manera u otra, terminaba por caer en el mismo pozo sin fondo que representa la poca estabilidad del aún joven matrimonio. Sergio le daba vueltas a cada uno de estos problemas: las goteras, el trabajo, comprar un auto, comprar una casa, comprar, comprar y comprar. Sin dinero ¿Cómo? Sin pensarlo, Sergio ya estaba en la orilla del techo. Luego, su mente se desviaba al cómo. Encontrar trabajo de Ingeniero y quizás en unos años comprar su casa, y mientras comprar cada vez más baldes para contener el agua; pedir un préstamo para iniciar su restaurant que, según él le dejaría cuantiosas ganancias casi al instante. Pero todo eso eran sueños, eran suposiciones; no había nada seguro, y lo que es peor, no había acciones reales para que esos sueños tomaran forma. Después de unos minutos en blanco, Sergio bajó del techo a enfrentar un día más sin trabajo de Ingeniero, sin restaurant y sin haber sellado las fisuras que eliminarían las goteras.

2

La fortuna de vivir en Juárez, en el desértico norte de Chihuahua, es que llueve poco. Gran parte del verano hace mucho calor y se refresca unas dos o tres semanas con lluvias intensas y quizás unas tres o cuatro semanas más con lluvias aisladas. El resto del año esta generalmente soleado; claro, con excepción de los inviernos que ahí la lluvia se vuelve a presentar pero no mucha menos que en el verano; y la nieve, si hay suerte, llega una o dos veces en la temporada, aunque en los últimos fue casi nulo. Eso a Sergio le importaba un carajo. El que lloviera poco o mucho le atraía el mismo problema y la misma preocupación. La lluvia de la semana anterior lo había puesto en alerta, nada más; el problema no estaba solucionado; tal vez en su mente solo desearía que el día de hoy no lloviera para estar un tanto tranquilo, al menos con respecto a las goteras, y con esa mentalidad se levantaba cada día.

Con lo otro, el trabajo, bueno, mantenía su puesto de cocinero, aunque no le alcanzara para mucho; y con eso también se levantaba cada día. Tomó el café mañanero solo; Martha había salido a comprar un poco de fruta. Dejó la taza semivacía en la mesa y se salió al patio a fumarse un cigarro. Como todos los días, le gustaría que estos momentos de disfrutar el sol, un viento suave y un buen cigarro fueran eternos. Ese tiempo se le consumía la vida; ahí pensaba que hacer o cómo hacerlo, pero desafortunadamente solo lo pensaba.

Luces en el cielo: El deseo de irse

Ese día en particular sus pensamientos eran un tanto negativos. Sin mucha esperanza de que las cosas pudieran mejorar. Tendría que pasar el resto de sus días en la cocina y su futuro no brillaría como tantas veces lo imaginó. En algún momento de su miserable existencia su esposa lo abandonaría, harta de esforzarse por levantarle el ánimo dos o tres veces por semana. O por el hecho de no encontrar un mejor trabajo y que el dinero les alcanzara, ya no digamos para vivir una vida de lujos, pero si para tener lo estrictamente necesario y no tener que recurrir a los papás de Martha para que los ayudara de vez en cuando; ese cuando se hacía más frecuente últimamente. En efecto, éste no era un buen día para Sergio. Le dio la última bocanada al cigarro y lo tiró en el piso caminando lentamente hacia el interior de la casa. Tomó un baño, para luego salir a trabajar. Podría sobrevivir un día más.

Martha, en cambio, anduvo de buen humor. Recorría silbando los pasillos de la tienda. Se detuvo a escoger unas naranjas. Su técnica de tranquilidad consistía en no estar adivinando qué se encontraría en su casa cuando regresara, o si su marido reclamaría algo con tal de pelear. En su interior sabía que se había casado con un buen hombre. No lo encasillaba como una persona irresponsable o vividora. Lo amaba de verdad y creía en él, pero es natural que al paso del tiempo y cuando no se ven resultados de algo que estabas esperando, como el formar una familia, verla crecer en todos los aspectos y vivir libre de preocupaciones con tu pareja por lo que les reste de vida. Ella había aprendido que ese futuro no era el que le depararía a ellos.

No tenían hijos, para empezar. Poco hablaban de ello. De hecho no recordaba si alguna vez lo habían discutido en la tranquilidad de un abrazo profundo debajo de las cobijas. Habían abordado el tema quizás unas tres o cuatro veces en los últimos dos años, pero cada una de ellas, sin excepción, había terminado en discusión airada. Pasó ahora a tomar unos plátanos mientras continuó su historia en la cabeza. En definitiva, a ella le gustaban los niños, pero no eran su obsesión. Si bien creía poder ser una buena madre, siempre los miedos internos la traicionaban y en ocasiones se hacía a la idea que mejor no traer al mundo a una criatura que no fuera a garantizársele el mejor trato; pero eran ideas con poco fundamento, porque Martha no se veía a sí misma como alguien que pudiera traerle infelicidad a un ser; quizás porque de vez en cuando en la calentura de las discusiones con Sergio, éste le habría recriminado su falta de afecto, pero eso no la hacía una persona poco amorosa.

Luego estaba la cuestión económica por supuesto. ¿Cómo traer una boca más que alimentar cuando en veces no les alcanzaba ni para ellos? Pocas veces hubo hambre pero de que existía la posibilidad la existía. En síntesis para ella, mejor dejar las cosas así como estaban; aunque la chispa de cargar a un pequeño Sergio o una diminuta Martha siempre le generó una radiante sonrisa. Ese día le sucedió; tuvo que voltearse estrepitosamente mientras acomodaba la bolsa con dos tomates en el carrito, segura que alguien la había visto sonrojarse. «Eran solo ideas», se dijo a sí misma mientras aceleraba el paso aún dentro de la tienda, «si es para mí será, si no lo es no será». Lo único que realmente esperaba ese día es que no discutiera con Sergio y que la tarde transcurriera con tranquilidad. Volteó a ver su reloj, faltaban diez minutos para las once de la mañana; en una hora y diez tendría que estar en la galería.

3

Dos semanas después salió el sol para la familia Ríos. Martha logró vender una de sus esculturas, pero a decir verdad tuvo que bajar mucho sus pretensiones en el precio para lograr que la señora Díaz se decidiera; aun así, éste representó un logro inaudito para ella por lo que animosamente pasó por la licorería del barrio y compró dos cervezas para festejar con su marido.

Al llegar a casa se encontró sola; Sergio debía estar por llegar. Se apresuró a enjuagar dos vasos, partir un par de limones, por si fuera necesario, ya que a su esposo no le agradaba mucho la cerveza sola; un poco de sal; sacó de la alacena unas velas que constantemente usaban cuando se iba la luz, o cuando no les alcanzaba el dinero para pagar la factura y no podían convencer al ingeniero que la comisión de energía había designado para suspenderles el servicio de que les diera un par de días más para pagar; las acomodó minuciosamente en la mesa del comedor, lo más simétrico posible y las dejo listas para prenderlas en cuanto escuchara el picaporte de la puerta. Se sentó nerviosa a esperar; no fue mucha su angustia. Menos de dos minutos y afuera se escuchó el tintineo de las llaves. De un salto se levantó, encendió la llama y prendió las velas una por una. Sergio entró y se acercó a ella con una sonrisa dudosa. Le dio un beso en los labios sin dejar de ver lo inmaculada que estaba la mesa puesta para una noche romántica.

—¿Y esto? —dijo Sergio ya con una sonrisa genuina.

—Ven, siéntate mi amor. Tengo algo que platicarte —ordenó entusiasmada.

—¿Acaso nos ganamos la lotería?

—No bruto, ni siquiera compramos boletos —soltó una leve carcajada.

—¿Entonces? —insistió él un tanto ansioso.

—No quiero hacer mucho rodeo, estoy muy emocionada —dijo Martha—. ¿Te acuerdas de la señora Díaz? te he platicado sobre ella.

—¿La que va casi a diario a la galería y no compra nada?

—Sí, ella. —Hizo una pausa y no vio reacción inmediata de Sergio o alguna pregunta que siguiera —Me compró la "Intuición" —continuó casi en un grito.

—¿La mano que está tirando dedo? —recalcó su marido.

—No está tirando dedo pendejo —dijo ella aguantándose la risa. La escultura era una mano esculpida desde debajo de la muñeca y que levantaba el dedo índice dejando los otros cuatro dedos a media flexión; ella lo había nombrado la "Intuición" ya que le parecía un ademan que comúnmente hacemos las personas cuando tenemos una idea visceral, sin comprobación pero altamente posible para ser la mejor de las ideas; el dedo que se extendía por completo era el índice, no el dedo medio; Sergio hacía burla juguetona de ésta diciendo que era una escultura obscena lo que causo la risa de ambos en su momento; no existía la intención de desacreditar el trabajo de Martha—. Me la compró, amor, ¿puedes creerlo? —continuó ella sin perder un gramo de su emoción.

—¡Felicidades! —Se prendió Sergio al momento que se levantaba para darle un fuerte y amoroso abrazo.

—¿No es increíble? —dijo ella una vez se hubieron separado del abrazo—. Estoy que no me la creo.

—Tenía que pasar, amor; primero porque eres una chingona; y segundo hasta por estadística. ¿Cuánto llevaba expuesta en la galería?

—Casi tres años. —En ese momento no había nada que dijera su esposo, con intención o sin ella, que le borrara la sonrisa de oreja a oreja que traía.

—Oye, y la vieja ¿no la querrá para hacer cochinadas en sus tantos momentos de soledad?

—No seas estúpido amor. Nada que digas me va a arruinar la noche.

—Es broma corazón. Lo sabes. Pero ya en serio, estoy orgulloso de ti. Aunque no se me note mucho en la cara, me siento igual de feliz que tú. —Se acercó a darle un prolongado beso.

—No creo que más que yo, pero agradezco que lo digas —dijo con los labios aún húmedos.

—Pues ¡salud! —Sergio levantó la cerveza— Que sea el primero de muchos. —Y la volvió a besar prolongadamente.

Ambos disfrutaron su cerveza como si fuera un vino de la mejor reserva. Compartieron los acontecimientos del día y entre bromas de los dos no paraban de reír. Era una noche mágica, de logros familiares, había apuntado Martha. Se sentía enamorada. El hacer su primera venta de una creación propia sacó la niña que traía dentro. Era una chiquilla disfrutando de su fiesta de cumpleaños, ella era la festejada, la que recibiría los halagos. Y así la hizo sentir Sergio. En todo momento le demostró que compartía la algarabía con ella. Pasaron más de dos horas de risas y llantos entrelazados, abrazos y constantes besos. Realmente era una noche mágica.

—¿Cuánto le tumbaste? —escupió de pronto Sergio. La angustia de dos horas debía terminar para su egoísta mente.

Martha guardó la información por un instante. Toda la tarde había temido esa pregunta. Lo que tenía de artista le faltaba de vendedora, sobre todo si se trata de su propio trabajo. Si bien sus funciones en la galería no eran propiamente las de vender, en ocasiones tenía que adaptarse y fungir como representante de ventas del establecimiento; siempre con la instrucción de jamás bajar el precio de las obras; ahora bien, si el cliente por su falta de pericia o de conocimiento sobre la obra le hacía una oferta por encima de lo establecido; se le había enseñado que adoptara una actitud benevolente con el ahora incauto y le ofreciera, incluso, una rebaja en el precio por ser día especial, o cualquier pretexto que se le ocurriera, siempre y cuando no se acercara demasiado al precio de lista.

—Dos mil —respondió al fin.

—¿Dólares?

—No, pesos —contestó Martha un tanto avergonzada pero intentando continuar orgullosa.

—No la chingues mi vida —comenzó Sergio—, eso no vale el esfuerzo y dedicación que le pusiste, ya ni hablemos del valor artístico. Si no valoras tus propias creaciones nadie más les va a dar el valor que realmente se merecen. —En eso tenía algo de razón, pero ambos sabían que el trasfondo del comentario iba más allá.

Los dos sabían que el deporte favorito de Sergio es hacer cuentas, y sobre todo de las cosas que no han sucedido aún. En sus ratos de divagar, acostumbraba a hacer cuentas falsas de las posibles ganancias de su futuro restaurant; confiaba plenamente en que su sazón los haría revolucionar las opciones culinarias de la ciudad y todos se abalanzarían a consumir con ellos; él calculaba que con unos seis meses ya en el mercado su vida cambiaria drásticamente para bien y sus problemas se habrían esfumado. Planeaba qué carro se compraría, que casa adquirirían, que fuera en un mejor barrio que en el que estaban por supuesto; y agregaba uno que otro viaje de placer con su esposa al año para des estresarse. Pocas o casi ninguna vez planeaba para fracasar o por lo menos para tener un éxito mesurado. No es de extrañarse que en el caso del arte de su esposa también hubiera hecho números súper optimistas. Es de suponer que al momento que ella le contó de la venta de la mano tirando dedo él ya estuviera pensando en el primer pago de su carro. Perdón, en el primer pago del carro familiar.

—Mira Sergio —interrumpió ella levantándose de la silla—. Primero que nada, yo decidiré cuánto vale cada una de mis cosas; segundo, —, titubeó un poco— me emocionó el simple hecho de vender mi primer escultura. La verdad batallé un poco en convencerla, en dos ocasiones estuvo a punto de irse nuevamente con las manos vacías pero le dije que le daría un descuento por ser ella, eso la hizo sentir importante, yo creo, y yo me sentí importante porque la obra que estaba llevándose era mía, yo la había creado. —Martha se volvió a sentar como niña regañada; quizás él tenía razón; quizás ella. No estaba del todo segura; su entusiasmo empezaba a decaer.

—Mi amor, es que así nunca vamos a salir de esta chingada situación —replicó Sergio.

—Un momento. —Reaccionó Martha— No me vengas ahora con que es mi culpa que estemos así.

—¿Así como? —Retó él— ¿Así como?

—Así de jodidos —soltó frustrada.

—Entonces me culpas a mí. Ya entiendo. —Se levantó indignado Sergio de la silla caminando con rumbo al patio— Siempre es lo mismo Martha, no puedes aceptar que esto es de dos, que ambos tenemos la responsabilidad que esto mejore…

—Claro que estoy consciente de eso, pero eso no significa que se me cargue el muertito a mí. —Empezaba a encenderse una llama de rabia en el rostro de la mujer.

—No estoy diciendo que tú tienes la culpa, pero sí te estoy diciendo que puedes ayudar a que nuestra situación mejore. Y además, no lo dije solo por lo económico sino por valorar tu arte…

—A ti te viene valiendo madres el arte —dijo ella ya explotando—. A ti lo que te interesa es desviar la atención de la responsabilidad que tienes de no conseguir un mejor trabajo, el de ingeniero, que para eso te ayudé a que terminaras la escuela.

—Sabía que sacarías de nuevo ese tema, chingado. —Resopló como caballo estresado— No me vas a dejar en paz con eso, ¿verdad? Cada vez que hablamos de dinero sale a relucir por qué yo aún no tengo un trabajo de ingeniero. Como si fuera tan sencillo encontrarlo. No se dan en cada esquina ¿sabías? —Aunque él sabía que si, al ser una ciudad industrial, sus posibilidades de encontrar trabajo de ingeniero eran en realidad altas.

—Entonces que nos lleve la chingada de una vez a los dos —dijo Martha saliéndose a fumar.

—Pues que nos lleve —siguió él saliendo justo detrás de ella.

Ambos prendieron su cigarro y lo degustaron en silencio. Sin dirigir la mirada al otro. Es de suponer que ambos estuvieron pensando en lo injusto que había sido su pareja y en lo sabias que habían sido las palabras propias. Pero el amor entre ellos va más allá de esos pensamientos. Sí, eran una pareja que discutía mucho, pero siempre llegaba la sensatez, a veces un poquito tarde pero siempre llegaba. Era cuestión solo de callar y esperar; eso y animarse a dar el primer paso; el más difícil. Esta ocasión requirió de un poco más de tiempo. Ambos encendieron un segundo cigarro y se dirigieron la mirada esperanzados a que el otro diría algo, quizás un «perdón mi amor, me equivoque», pero no, era demasiado pronto para que dos cabezas enojadas llegaran a la paz. Seguían en silencio. Apagaron su segundo cigarrillo y ambos entraron a la casa. Sergio se acomidió a recoger los vasos y llevarlos a la cocina y Martha apagó las velas. Él entró al baño y ella se fue a la recamara. Ambos callados.

—Bonita noche te eché a perder ¿verdad? —dijo Sergio entrando a la recamara unos minutos después.

—No te voy a mentir. Creí que iría diferente —dijo ella sin voltearlo a ver.

—Tú también me heriste, ¿sabes?

—No empecemos otra vez

—Está bien. Tienes razón

Se acostaron. Martha prendió la televisión y puso una serie a la que no le prestó la mínima atención. Sergio tomó su celular y empezó a ver cualquier cosa. Ninguno de los dos se atrevía a dar el paso: ese maldito primer paso. Él apagó su celular y se volteó dándole la espalda a su mujer. Ella apagó el televisor e hizo lo mismo. Ninguno de los dos se durmió en las siguientes dos horas, por lo menos. Cada uno inmerso en sus propios pensamientos, con el corazón herido, sin darse cuenta que su contraparte estaba pasando por la misma angustia, sin entender que solo requerían de voltear y acercarse unos centímetros para unirse en un abrazo que los hiciera olvidar por un momento el trago amargo de la pelea. Pero ninguno dio el maldito paso. Martha logró conciliar el sueño. Sergio lo intentó por unos minutos más hasta que cayó rendido. Esa noche vio las luces de nuevo; esa noche sintió la misma desesperación; esa noche vio la misma figura horrenda frente a sus ojos...; esa misma noche Sergio manchó de sangre la almohada.

Luces en el cielo: El deseo de irse

El gato y el ratón

1

Empezó a cansarse de tanto manejar. Llevaba horas por la carretera federal que recorre el estado de norte a sur, y no menos de una vez pestañeó con lentitud y de manera prolongada. Había salido más tarde de lo que a él le hubiera gustado, pero tuvo que esperar a que bajara el tedioso tráfico de las seis de la tarde de Juárez; su destino: la casa hogar de Camargo. Cuando creyó que era el momento idóneo para emprender el viaje, montó su Ford '65 sin entusiasmo, esperando realizar su recorrido en menos de seis horas; su reloj marcaba diez minutos después de las ocho de la noche; era un 31 de marzo de 1986.

El viejo Juan cada vez cerraba por más largos periodos de tiempo sus ojos en cada parpadeo. Tomó su cajetilla de

Luces en el cielo: El deseo de irse

Marlboros y encendió el enésimo cigarro con intenciones de despertar; para entonces, cerca de las 12:30 de la madrugada, pocos vehículos transitaban por el sector. Prácticamente eran solo él, las estrellas y una línea blanca que dividía el asfalto; su otra forma de distracción era tararear canciones de Creedence, lo cual comenzó a hacer.

A lo lejos, se veían esporádicas luces de ranchos aledaños, y un extraño haz solitario que por su rara naturaleza llamó poderosamente la atención del viejo; por la dirección en la que lo observó, todo indicaba que en unos diez o quince minutos se encontraría con eso. Se entusiasmó y pisó el acelerador con la esperanza de acortar el tiempo. Una especie de ansiedad recorría su cuerpo; conforme avanzaba se sentía con una rara necesidad de saber qué estaba a unos kilómetros de él. Su Ford avanzó a la máxima velocidad, al igual que palpitar de su corazón. Pensó que al ir tan rápido estaría disipando sus dudas en menos de cinco minutos, pero súbitamente el extraño haz de luz desapareció de la nada y de nuevo existió oscuridad frente a él.

El viejo, desconcertado, soltó el pedal del acelerador. Su camioneta casi llegó a detenerse por completo. A tientas buscó de nuevo su cajetilla de cigarros pues no le era posible quitar su vista de enfrente, buscando aquella luz extraña que logró despertarlo de su somnoliento viaje. Como pudo sacó un nuevo cigarro; de igual manera a tientas, su mano buscó los cerillos para encenderlo. Cuando los encontró, un temblor en su mano derecha le imposibilitó encenderlo en su primer intento; fue hasta el segundo que su cigarro se iluminó. El viejo dio la primera bocanada sin dejar de mirar al frente; dio una segunda, y se decidió a pisar de nuevo el acelerador, casi a la misma velocidad que en su búsqueda anterior.

La luz había desaparecido, pero su ansiedad no. Ya para entonces debió encontrarse con eso que le intrigaba, pero por supuesto que sabía que ya no estaba ahí. Su poca visibilidad y la última bocanada de su cigarro no le dejaron ver lo que estaba a escasos metros enfrente de él, pero fue un instante de una extraña corazonada que le hizo soltar el acelerador y de forma estrepitosa apretar con fuerza el pedal del freno; giró con fuerza el volante haciendo que su Ford diera casi una vuelta de 360 grados. No podía ver nada, pero el instinto lo había hecho detenerse. Su corazón daba tumbos. Como pudo se incorporó, volteando frenético a todos lados para ver si algún otro vehículo se dirigía hacia él; pero no, la carretera estaba sola detrás; no así enfrente. A pocos metros vio un autobús de pasajeros parado en medio de la carretera; las luces apagadas y sin una señal de haber sufrido percance; estaba intacto, estacionado en medio del camino.

El viejo Juan intentó por tercera vez buscar su cajetilla de cigarros, esta ocasión sin éxito. El susto le pedía a gritos un tabaco. Lentamente bajó de la camioneta; de igual manera se fue acercando al autobús. No tenía señales de avería o de que haya sufrido alguna volcadura. Intentó mirar por las ventanas, tal vez alguien se asomaría pidiendo ayuda, sin

Luces en el cielo: El deseo de irse

embargo las cortinas le taparon la vista. Caminó al lado derecho del autobús hasta alcanzar la puerta: estaba cerrada. A pesar del retumbar constante de su corazón, aguzó la vista por el cristal de la puerta temiendo encontrar el cuerpo desfigurado del chofer; para su sorpresa, no había nadie al volante. Intentó abrirla, pero no le fue posible.

No obstante del desconcierto que sentía, sabía que un buen ciudadano revisaría primero si alguien estaba herido, para darle auxilio. Por otro lado, algo no estaba bien; algo lo mantenía con extrema cautela. En más de una ocasión pensó en retirarse y seguir su camino, total, todo parecía indicar que ahí no había accidente alguno; quizás alguien más había pasado primero y auxiliado a los heridos dejando detrás el autobús, al fin y al cabo las personas son más importantes que los vehículos. Pero, ¿por qué no tener la precaución de mover el autobús para no ocasionar otro percance? Pudo haber sido él quien lo sufriera. Por un momento el coraje recorrió su cuerpo, pero solo por un breve instante; lo que el viejo Juan tenía era curiosidad más allá de lo imaginable: la luz, la adrenalina, el susto, el camión inerte a mitad del camino.

Tuvo el impulso de buscar el modo de abrir esa puerta. Sabía que su cuerpo no sería suficiente; tantos años cargados a cuestas le generarían alguna lesión y ahora sí, a tener que esperar por ayuda en esa obscura noche. Buscó alguna roca a la orilla de la carretera, a mitad de su encomienda recordó que siempre lleva consigo una cruceta para cualquier eventualidad, un cambio de su neumático, o para romper el cristal de algún autobús estorbando en el camino. Hurgó entre los sillones de su Ford hasta dar con la herramienta. Regresó a la puerta y golpeó con fuerza el cristal, éste tan solo vibró sin mostrar siquiera una fisura; lo intentó de nuevo con mayor fuerza, esta vez logrando una leve cuarteadura; hubo un tercer intento y un cuarto; al quinto el cristal cedió. Con la misma cruceta se abrió camino para quitar por completo los restos de vidrio. A tientas encontró la manivela para abrir la puerta.

Aún con la sensación de miedo pero la convicción de estar haciendo lo correcto, el viejo subió los dos escalones y miró a su izquierda. El autobús estaba vacío. Maletas pequeñas, bolsos, alguna revista, botellas de agua, comida en el suelo, pero ni un solo cuerpo humano. Recorrió el pasillo sin encontrar a nadie. Su teoría de que alguien más había llegado primero podría ser la más acertada. Se rio con nervios de lo tonto que fue al sentir esa ansiedad.

Regresó por el mismo pasillo para abandonar el autobús. No pudo contener el grito cuando una mano le tomó su tobillo izquierdo; había alguien ahí. El susto lo cegó por un instante; cuando su visión se normalizó de nuevo a la obscuridad, distinguió la silueta de una persona pequeña, un niño.

—¿Estás herido hijo? —Fue la primer reacción; no hubo respuesta— Está bien, yo te voy a ayudar —decía el viejo con voz temblorosa. Debieron haberlo olvidado al inocente—. Ven, acércate. No puedo sacarte yo solo.

El niño cada vez se escondía más; su cuerpecito temblaba; sus ojos se movían en círculos, parecía que estaba en una especie de transe. Conforme el viejo se le acercó, éste se incrustó más debajo del asiento. No debía tener más de cuatro años.

—Vamos hijo, ayúdame, no puedo solo —repetía el viejo—. Necesitamos llevarte a un hospital. ¿Te duele algo? —Pero no había respuesta.

Extendió la mano para agarrar al niño de alguna parte. Llegó hasta una de sus piernitas; lo tomó del tobillo. Con un esfuerzo descomunal jaló para arrastrar al pequeño; éste soltó un chillido ensordecedor. Por un instante el viejo pensó en soltarlo, que tal si tenía su piernita rota y el niño sentía mucho dolor, pero el chillido no parecía de dolor, era más bien de terror. No quiso perder la oportunidad de ya tenerlo sujeto y con más cuidado volvió a jalar; esta vez lo arrastró lo suficiente para alcanzar a sujetarlo con ambas manos. El niño seguía chillando, sin embargo no hacía ningún esfuerzo por zafarse.

—Tranquilo hijo, ya te tengo. Te voy a llevar al hospital. Te van a revisar y ahí podemos encontrar a tus papás.

Se incorporó en ambos pies y con el niño en brazos caminó el resto del pasillo. Estaba a punto de bajar los escalones cuando le pasó por su mente la posibilidad de que estuviera alguien más escondido entre los asientos. Con voz entrecortada preguntó si había alguien más, pero no obtuvo respuesta; el peso del niño lo estaba agotando; nadie contestó; quizás ya no había nadie más. Se decidió a continuar; llevar al niño al hospital más cercano; daría aviso a la policía y exigiría que fueran al lugar del accidente a verificar que nadie más estuviera ahí y, ¡por Dios!, que quitaran ese autobús de en medio de la carretera.

Subió al infante en el asiento del copiloto de la Ford, aún con estruendosos chillidos de terror, y cuando lo estaba acomodando fue que se dio cuenta que gran parte de la ropa del niño de la cintura para arriba estaba teñida de rojo. «Sangre», pensó. En su carita no se veía rastro alguno de ella, y no quiso investigar qué lo había provocado, temía quizá encontrar parte de su pecho destrozado. Nunca se le vino a la mente que esto podría ser un tanto ilógico ya que el niño no tenía dificultades para respirar y los chillidos requieren mucho aire; esto no lo sabía el viejo Juan, ni siquiera pasó por su cabeza; sencillamente estaba determinado a llevar al pequeño a un hospital.

Encendió su Ford y pisó el acelerador. Instintivamente en la misma dirección en la que iba minutos antes. El niño dejó de chillar y con el movimiento de la camioneta se quedó dormido. El viejo pensó que se le iba por un instante, nervioso volteó hacia él y notó un movimiento rítmico en su pecho; si, efectivamente se había dormido. Pasó por el primer anuncio: veinticinco kilómetros para llegar a Camargo. En unos minutos reuniría al pequeño con sus padres, esto lo tranquilizó; pronto terminaría su agitada noche. Para su mala fortuna no fue así. Aún había más sorpresas y eventos desconcertantes para su vieja y poca culta memoria; serían hechos que jamás lograría entender y, ciertamente, jamás podría olvidar.

2

Estaban esperando a que la maestra Nora abandonara el salón de clases. Sabían que en cualquier momento la joven mujer, experta en la enseñanza de las matemáticas, se desesperaría del ruido provocado por un montón de niños gritando y aventando papeles de un lado a otro, como dos bandos contrarios, guerreando por el júbilo de apoderarse del salón. Los dos niños que provocaron la pelea abandonaron el combate para cuidar cuando la maestra se decidiera a salir en busca de la directora del orfanato. Eventualmente se desesperó y salió del salón: el plan fluía como se previó. Se cercioraron de que ya no se encontrara a la vista y comenzaron la operación.

—Listo, se fue —susurró el ratón.

—¡No!, espera, que tal si olvidó algo —mencionó el gato—. Espera a que se escuche la otra puerta.

Se veían el uno al otro, pegados a la puerta del salón y contando en silencio pero moviendo ambos la cabeza para seguir el mismo ritmo.

—…cinco…seis…siete…ocho —¡pum! Sonó la puerta.

—Ahora.

Ambos empezaron a sacar unas bolsas de sus pupitres. El resto del salón seguía en su férrea pelea de bolas de papel, ya con el conocimiento que la maestra Nora no estaba a la vista; a ninguno de ellos le importó lo que el gato y el ratón estaban haciendo. Para éstos era diversión, para los dos iniciadores era un plan. De las bolsas sacaron varios aditamentos, pequeños recipientes de colores y lápices con punta chata: se trataba de maquillaje para mujer.

—Tú píntate un moretón.

—Por supuesto que no. Los moretones no aparecen de inmediato, tardan un tiempo. No nos van a creer. Mejor me pinto unas rayas como arañazos.

—¡Hay sí!, luego van a decir que soy niña.

—Hazme caso —ordenó el gato—. Es más creíble. Yo soy más grande que tú, con eso van a pensar que solo te estabas defendiendo.

Luces en el cielo: El deseo de irse

—Y entonces yo, ¿qué me pinto?

—Ya lo habíamos acordado. Píntate sangre en la nariz. Yo te di un golpe y te saqué el mole. Sigue con el plan.

—¿Por qué no puedo ser yo quien te saque el mole a ti?

—Porque no tienes la fuerza para hacerlo, ratoncillo. Soy tres años mayor que tú. Ni siquiera me alcanzas a dar un bachón, menos a tener la fuerza de romperme la nariz.

—Pero, ¿qué tal si no funciona?

—Va a funcionar, estoy seguro. Sigue pintándote enano, no tarda en regresar la Nora con la directora.

Ambos se apresuraron a simular su pelea. Su plan contemplaba desde un castigo leve, unos días, tal vez un par de semanas limpiando los baños del orfanato; hasta el premio mayor, por lo que ellos se habían aventurado a esta empresa: la expulsión. El gato tenía el sueño de ir en busca de su familia; había pasado sus once años de vida en el orfanato, muchos de ellos con el deseo de abandonarlo. No lo sentía su casa. Nunca le faltó comida; nunca le faltó cobija; eso no fue suficiente para él. Tres semanas atrás había escuchado a la subdirectora Conchita hablar de que una pareja de Juárez estaba interesada en adoptarlo. No le apetecía entablar una relación con unos desconocidos; eran sus miedos internos los que lo cerraban. En su mente no cabía la posibilidad que sus padres biológicos lo hayan abandonado a la suerte. Tampoco se planteaba el hecho de que hayan muerto, para lo cual era el caso, sin embargo el gato no lo sabía.

Sus padres habían contraído una extraña enfermedad que los doctores no conocían a la fecha. Su madre murió el cuatro de octubre de 1979, a tan solo tres semanas de dar a luz a "el gato", mientras su padre tuvo que sobreponerse a la pérdida y a la necesidad de criar a su recién nacido solo. No pasaron más de tres semanas cuando empezó a sentir los mismos síntomas que su esposa. Al saber que los doctores no habían sido capaces de curarla, se resignó a la misma suerte. Renunció a su trabajo en una mina y dedicó el resto del tiempo a encauzar el camino de su hijo. Sin mucho éxito con su descarriada familia, tomó la decisión de dejarlo en la casa hogar de la ciudad de Camargo. Se despidió de él con un beso en la mejilla y le susurró al oído— no vas a estar solo, estaremos velando por ti desde los cielos. Jamás te abandonaremos. —Murió al día siguiente, era un jueves veintidós de Noviembre de 1979.

El gato no recibió un nombre de pila, y al dejarlo en la casa hogar, su padre no dejó mayores datos que el motivo por el cual lo hacía. Por razones legales, el orfanato lo registró con el nombre de Oscar Sáenz, tomando el apellido de una de las maestras que lo cuidó recién llegado. El apodo de "el gato" se lo ganó cuando aprendió a caminar, y más aún cuando empezó a correr; desde muy pequeño fue muy diestro para escabullirse. Para las maestras, los intendentes, la directora y el resto de los niños que habitaban en la casa hogar, Oscar era simplemente "el gato".

—¡Ahí viene! ¡Ahí viene! —exclamó el ratón en una mezcla de grito en susurro llevándose su manita a la boca para amortiguar el ruido.

—¡Ssshhh!, quedito. Ven, empieza la función.

Se abrazaron a manera de forcejeo y empezaron a darse de golpes, algunos bien simulados, pero otros con fuerza suficiente para hacerlo creíble.

—¿Qué está pasando aquí? —Exclamó en un grito la directora Isabel—. Parecen un montón de monos histéricos. ¡Silencio ya!

La guerra de papeles cesó de inmediato. Los participantes del combate campal sabían que el castigo en grupo sería muy leve, pero el castigo individual siempre era un martirio; aun así todos conocían el carácter fuerte de la directora, de manera que al grito de— ¡Silencio! —todos se sentaron de inmediato en su banca y callaron. Todos menos los dos gladiadores, y autores intelectuales del numerito.

—Ustedes dos, sepárense —exigió la directora—. He dicho que se separen.

Los dos seguían en su papel. Ahora los golpes tenían que ser más reales: ya tenían público, y a los jueces calificadores. Un golpe en el estómago propinado del pequeño ratón al gato casi le saca el aire, pero éste se sobrepuso y lanzó un derechazo directo a la cara de su pequeño amigo. Si bien el esmalte le tiñó la nariz de rojo, el golpe propinado le dejaría un buen moretón natural por debajo de su pómulo derecho, sin necesidad de ningún maquillaje.

—A ver ustedes, par de mocosos. —Se escuchó la voz de un viejo. Se trataba del conserje del orfanato.

—Don Juan —dijo la directora—. Cuando logre separar a estos niños, hágame el favor de llevarlos a mi oficina.

—Si doña Isabel, ahí se los llevo, solo déjeme un minuto con ellos en lo que se les pasa el coraje.

—Maestra, mientras quiero hablar con usted. Tenemos que hacer algo para que aprenda a controlar a sus alumnos; esta no es la primera vez que sucede y ya me está preocupando que siempre es durante su clase.

—Pero directora… —Quiso replicar la maestra Nora.

—No quiero excusas en este momento. Le voy a dar oportunidad de que me lo explique: en mi oficina.

Ambas se retiraron una detrás de la otra. La primera casi soltando espuma por la boca y la otra con el miedo de lo que le esperaba.

—Ya basta par de mentirosos —dijo el viejo—. Ya dejen de fingir, la directora se fue.

Luces en el cielo: El deseo de irse

Los dos niños bajaron la guardia.

—Vengan los dos conmigo. Los demás —dirigiéndose al resto de los niños—, si escucho un ruido más de este salón voy a sacarlos de uno por uno y los pondré a limpiar los baños con un cepillo de dientes.

De un jalón llevó a los dos rijosos al pasillo con rumbo a la dirección. El camino hasta allá era largo, se tenían que atravesar dos edificios del orfanato: el primero era el de los salones de clase; el segundo el comedor. El orfanato contaba también con otros dos edificios más: uno justo a un lado del comedor en el cual se encontraban las oficinas y la otra parte eran los dormitorios que albergaba ochenta y tres niños y niñas de entre dos y doce años; el otro edificio era el más pequeño y era usado generalmente como bodega.

—¿Qué es lo que pasa con ustedes? —Los paró en seco el viejo en medio del pasillo principal— ¿A caso quieren ser expulsados?, porque si eso es lo que quieren, haciendo estos teatritos no va a funcionar. A ver, díganme ¿De dónde sacaron las pinturas? ¿A quién se las robaron?

Los dos niños se voltearon a ver el uno al otro. Los habían descubierto, pero no podían confesarlo, el viejo estaba blofeando.

—¿Creen que no sé lo que traman? Ustedes lo que quieren es estar de vagos; no les gusta la escuela; no quieren recibir órdenes. ¿A dónde piensan ir? ¿Ustedes creen que estar en las calles los va a ser mejores? No saben ni lo que hacen. Aquí tienen comida, tienen donde dormir y además las maestras se esfuerzan por darles una educación.

—Pero aquí no están mis padres —dijo el gato resoplando de furia.

—Es verdad, pero en unas semanas estarás con unos señores que te van a cuidar y te van a dar más de lo que se te puede dar aquí.

—¿Cómo qué?

—Amor de familia.

—Aquí está la única familia que tengo —dijo con lágrimas en los ojos dirigiendo la mirada al ratón—; y allá afuera está mi verdadera familia…mi papá…mi mamá. —No logró contener el llanto.

—Mírate gato —le dijo el viejo—. Eres a penas un chaval de… ¿diez años?

—Once —replicó el ratón—. Tiene once.

—Vaya, es todo un felino adulto. Ya debe estar listo para cazar. Buscar su propia comida, su propio refugio.

—Eso a usted no le importa —intervino el gato limpiándose las lágrimas.

—No. No me importa —contestó el viejo—. Y a lo que te vas a encontrar en las calles tampoco le importa.

—Yo puedo. Sé cómo enfrentarlo —Dirigiendo una nueva mirada al ratón.

—Y piensas arrastrar a tu amigo. ¿Cierto?

—No, yo me ofrecí —replicó de inmediato el ratón.

—Que bien, a un niño de once años, que nunca ha trabajado; no sabe cómo ganarse el pan diario y no tiene la menor idea de dónde va a dormir; otro niño de ocho le va a ayudar. —Una leve sonrisa de ironía se dibujó en la cara del viejo.

—Si…yo le puedo… —empezó a decir el ratón aparentando una tímida valentía.

—No saben ni lo que dicen par de mocosos; no necesitan esto; no les conviene esto. Tú pronto estarás bien con una familia —dijo mirando a los ojos al gato—. Vas a estar en un hogar cálido, con dos personas muy amorosas; tendrás amigos, vecinos con quienes jugar. Te inscribirán a una escuela y ahí también conocerás más amigos.

—Pero yo no quiero —dijo en un sollozo el gato.

—Te vas a acostumbrar. Dale tiempo a las cosas.

—No quiero. No quiero dejarlo. —Abrazaba a su amigo, quien ya lo acompañaba en su llanto.

—Este ratoncito va a estar bien aquí. Eventualmente llegará una familia que lo quiera adoptar, y también podrá tener amigos…

—Yo… yo… tam…po…co… quie…ro… eso —sollozaba el ratón.

—Eso lo dicen ahora. Se siente en ustedes esa valentía. Eso es bueno, pero es muy peligroso que dos chavales como ustedes anden solos por las calles. Mejor denle tiempo. Tener una nueva familia no debe ser fácil para ti gato, pero estoy seguro que te vas a acostumbrar y vas a aprender a querer a tus nuevos papás; mientras, nosotros seguiremos cuidando a tu amigo, y bueno, uno nunca sabe, tal vez algún día se encuentren de nuevo y se reirán juntos de las tonterías que hacían aquí. Ahora vámonos, la directora debe estar esperándolos, y ya saben cómo se pone cuando la hacen enojar. Mejor nos apuramos.

Los niños se soltaron y siguieron al viejo Juan. En el camino se limpiaron las lágrimas: no querían que la directora los viera así. Le demostrarían lo vulnerables que son ante ella. El gato seguía entre una mezcla de coraje y preocupación. El plan había fallado; el viejo los delataría diciéndole la verdad a la directora y el castigo no sería la expulsión, sería trabajar después de clases, limpiando los baños, tal vez; o peor aún, los pondrían a acomodar la bodega. Como en todos los orfanatos, o en todas las escuelas, siempre hay historias de fantasmas. Para los internos del orfanato de Camargo, era en la bodega en donde se originaban estas

Luces en el cielo: El deseo de irse

historias. Esto lo sabían todos; era la manera de asustarse entre ellos; era la manera de asustar a los recién llegados. Nunca se había comprobado nada; la simple idea y el revivir las historias que se contaban de ese lugar eran suficientes para no tener la tentación de acercarse. Algún valiente, o grupo de valientes, generalmente los de mayor edad, se habían atrevido por supuesto, pero la versión que contaban a su regreso era igual de inverosímil que las anteriores, asustaban más a los creyentes y desilusionaban a los escépticos. En el orfanato existían más de los primeros y esto era motivo suficiente para que el gato y el ratón le temieran a ese lugar.

En alguna ocasión, el gato había persuadido a otros compañeros cercanos a su edad a entrar a la bodega. Lo hicieron de día y argumentaron que escuchaban voces tenebrosas y ruidos extraños. El gato había contado lo sucedido a un grupo de curiosos en los patios traseros, durante un descanso entre clases, pero su versión no hacía ninguna lógica; el ratón era uno de los niños del grupo más asustado, pero bastó un rápido guiño del ojo del gato para saber que lo que su amigo contaba era inventado; o al menos eso fue lo que quiso creer. La realidad es que nadie tenía las suficientes pruebas de que en realidad algo sobrenatural pasara en los corredores, salones o incluso en la bodega, pero cuando estás en la niñez, creerás lo que te cuenten y el miedo estará presente: siempre.

Llegaron los tres a la oficina de la directora. La puerta estaba cerrada. Se oía una discusión; vaya regaño que estaría recibiendo la maestra Nora. El viejo les dijo que se sentaran a esperar en lo que se desocupaban. Pasaron cinco minutos en completo silencio. Ambos niños con sus caritas agachadas y el viejo observándolos con su característica leve sonrisa sarcástica. El viejo Juan sabía muy bien por qué lo había buscado la directora Isabel; era un hombre de confianza, sabía tratar a los niños dependiendo las circunstancias; era sensato. Si el niño necesitaba reprimenda, el viejo sabía actuar como todo un gruñón. Cuando la situación ameritaba cariño paternal, lo haría con la dulzura de un abuelo.

La puerta de la oficia se abrió y de ella salió la maestra Nora envuelta en un llanto. Los dos niños solo pudieron mirarla de reojo para luego darse un vistazo entre ellos. Sabían qué había hecho llorar a la maestra, por lo que a ellos les esperaba no era de lo más alentador.

—Los niños. ¿Ya están aquí? —Se escuchó la voz enérgica de la directora Isabel desde el fondo de la oficina.

—Si —contestó el viejo—. Aquí están señora Isabel. Pasen niños; suerte. Señorita Nora; espéreme; tengo que hablar con usted.

Ambos niños se dieron una vista nerviosa. Se levantaron lentamente de su silla y caminaron cabizbajos hacia la oficina.

3

—¡Wacala!, odio lavar los baños —dijo el más pequeño del dúo.

—Cállate y sigue limpiando enano —contestó su amigo.

—Tengo ganas de vomitar.

—Aguántate y se machito. Entre más rápido lo hagas más rápido nos vamos a deshacer de esto.

—Pero de aquí sigue lo peor.

—No debes tenerle miedo a ese cuartucho. No hay nada, ya he estado ahí ¿recuerdas?

—Sí pero contaste cosas muy feas.

—Todo era mentira. Fue para asustar a los otros.

—Yo no vi eso en tus ojos.

—Y quien eres ¿Segismundo?

—No, solo que no vi que cuando contaste lo que te pasó en la bodega haya sido una mentira.

—Lo fue, enano. ¿A poco crees en fantasmas?

—No… —dijo nervioso el ratón.

—Entonces, no esté de chillón y a darle que se hace tarde. Y ahora sí, si se nos hace de noche en ese cuarto, no respondo.

Luces en el cielo: El deseo de irse

H. E. Saldivar

¿Por qué soy así?

1

—Bienvenido señor… —Titubeó la recepcionista.

—Ríos —contestó el hombre amable—. Sergio Ríos.

—Señor Ríos, tome asiento, en un minuto lo atenderá el Ingeniero López —dijo la bella asistente.

Sergio asintió con la cabeza y en vez de sentarse se dedicó a observar las fotos y placas colgadas en la pared de la pequeña sala de espera. Al fin le habían hablado para una entrevista. La compañía era relativamente nueva y no se sabía mucho si ofrecía buenos sueldos, pero eso a Sergio no le importaba, todo esto era una experiencia nueva.

—Puede pasar señor Ríos —pidió a los pocos minutos la recepcionista—. Lo acompaño.

Luces en el cielo: El deseo de irse

Recorrieron una sala amplia con muchos escritorios, en fila y encontrados para que cupieran más. Esa visión le daba terror, autómatas diseñados en una universidad para seguir las órdenes de un programador sin escrúpulos.

—Aquí es. Tome asiento, en un minuto le atiende el Ing. López.

Sergio agradeció en silencio; estaba nervioso; había una pizca de entusiasmo, no podía negarlo. Se jactaba de tener la valentía de emprender nuevos retos y este era uno de ellos. Por fin ser Ingeniero. Bueno, la Universidad decía que ya lo era, pero su oficio, su esposa, la sociedad en general y su corazón le decían «aún no, hasta que trabajes como tal.» Muchas veces se había repetido para si lo desagradable que era darle importancia a lo que los demás digan o juzguen. Se convenció casi a diario que no era necesaria la aprobación de nadie hacia lo que él pensaba, creía o hacía; pero la realidad en su mente era totalmente la opuesta. Desde que tiene memoria ha buscado la aprobación de la gente. En su niñez, bueno, poco recordaba de su niñez, mejor dicho en su juventud trato de siempre hacer lo que le pedían, lo mismo en la escuela que en su casa, incluso con los amigos. En varias ocasiones se metió en problemas precisamente por hacer cosas que pensaba le traerían admiración o aprobación de sus amigos, pero nada que pusiera en peligro a alguien o a él mismo. Tonto nunca fue. Aunque no lo pareciera tenía límites, sin embargo no los sabía usar a la perfección. Sabia decir no, cuando era necesario, pero las veces que dijo que sí, a algo que le causara represalias, argumentaba esa angustia por ser aceptado.

—Buenos días Ingeniero —escuchó una voz detrás de él.

Era la primera vez que alguien extraño lo llamaba Ingeniero. Sergio no supo cómo sentirse.

—Buenos días —se levantó para saludar de mano.

—Eres Sergio Ríos ¿verdad?

—Así es.

—¿Tienes un segundo apellido? —preguntó con interés.

—No, solo el Ríos —dijo. Ya estaba acostumbrado a esa pregunta.

—Ok —dijo tranquilo el ingeniero—. Empecemos con la entrevista —continuó mientras cerraba la puerta de la oficina.

2

Manejó su viejo Sentra de regreso a casa. Después de la entrevista tuvo que pasar al restaurant para completar su turno. Amablemente le permitieron salir por unos minutos para atender su compromiso. Su relación laboral iba muy bien, su

Luces en el cielo: El deseo de irse

jefe, el dueño del establecimiento, don Raúl, era un hombre de sesenta y dos años; fundó su restaurant veinticinco años atrás y se caracterizaba por tratar humana y amablemente a sus empleados. El tiempo que Sergio tenia trabajando con él habían llegado a formar una relación tipo padre e hijo. El viejo perdió a su único hijo en un accidente de avión, allá por 1998. En cambio Sergio, poco o nada hablaba acerca de sus padres. Sabía que en algún momento de su vida le habían contado qué fue de ellos, pero curiosamente era información que no retenía, no entendía si era por gusto o por necesidad, aunque no le daba mayor importancia y optaba por cambiar rápido de tema. Era algo que no ocupaba espacio en su cerebro. Ya en algunas ocasiones Martha intentó platicar del asunto con su esposo, pero sin mucho éxito. Ella respetó eso y nunca fue insistente.

Lo que a ella le gustaba desde que lo conoció era su sentido del humor, cuando estaba contento, que era la mayoría del tiempo. Era gracioso, bromista y con un ángel optimista y consciente del mundo. Notó algunos aspectos que lo separaban del resto de los hombres que Martha había conocido: era poco tomador, nada parrandero y casi nunca hablaba de deportes. De hecho, se puede decir que no encajaba en un grupo de varones. Sus pláticas en general eran más humanas, a veces Martha no sabía cómo definirlo, no necesariamente platicas femeninas, pero con un alto grado de comprensión hacia las necesidades de la mujer, podría decirse.

Como hombre, él analizaba seguido el por qué su forma de pensar estaba sesgada hacia ese lado. Le gustaban las mujeres, no cabía duda, no se sentía homofóbico tampoco, entonces ¿cómo decirlo?; quizás sencillamente le molestaba que entre hombres denigraran a la mujer y esto ya era suficiente para no encajar en un grupo de su época; a eso, agregar la nula habilidad deportiva, tanto física como de conversación, era un combo perfecto para ser rechazado. La palabra con la que mejor se definía a si mismo era empático, nada más. Para otros era solo: el raro.

Eso ocupó la mente de Sergio muy a menudo. Se preguntaba ¿por qué era así? ¿Qué circunstancias lo habían llevado a comportarse un tanto diferente a los que él veía como sus potenciales amigos? Martha, en cambio, vio cosas diferentes en él. Desde que la conoció sintió la química que los atrajo el uno al otro. Ella era lo que él no podía ser. Polos opuestos con respecto a la facilidad para hacer amigos, tal vez. Tenía algo que integraba la personalidad de él con la regla de la naturaleza de vivir en comunidad, aun cuando fueran solo ellos dos. Por eso se toleraban a pesar de las desavenencias que les aquejaban recientemente.

—Sergio, prepárate unos huevos rancheros con chilaquiles rojos para la mesa once. En calidad de urgente, el cliente tiene prisa.

—Enseguida salen don Raúl.

Luces en el cielo: El deseo de irse

Ese día hubo mucho trabajo. Sergio estuvo de pie toda la mañana cocinando, con excepción del rato que salió a la entrevista. Desayunos, comidas, postres, de todo. Eran de esos momentos que a él le gustaban, con actividad continua que lo dejara distraerse de las cosas que traía en la cabeza, de aquellos pleitos con su esposa, de los problemas económicos. Se sumergía en la tarea de cocinar y no había poder humano que lo distrajera. Las órdenes llegaban y salían en tiempo y forma, no hubo cliente que se quejara. Don Raúl no podía tener mejor aliado para mantener el buen nombre de su negocio. Él lo protegía de casi todo. En las raras veces que cometía algún error, su jefe lo pasaba por alto y le instruía como debía hacerlo a la próxima, pero no lo reprendía. Era un buen mentor; un buen padre para él.

—Sale orden once —gritó el cocinero a manera de logro por haber entregado en tiempo lo que parecía el último pedido del día.

—Orden once —dijo don Raúl—. Yo la llevo. —Le dio una mirada extraña a Sergio mientras agarraba el plato— Límpiate la nariz —le susurró.

Sergio obedeció avergonzado pasando su antebrazo por la cara. Una raya marrón se dibujó de inmediato. El muchacho agachó la cabeza y soltó la espátula que traía en la mano. Caminó apresurado al baño. Ahí se miró al espejo y vio la sangre todavía corriéndole por el labio desde la nariz; se enjuagó sin darle mayor importancia y esperó un breve momento hasta que la hemorragia cesara.

—¿Te sientes bien muchacho? —dijo el patrón sin voltearlo a ver mientras depositaba unos platos sucios en el compartimiento de lavado.

—Sí, don Raúl, no se preocupe; esto me pasa seguido.

—Lo sé, no es la primera vez que lo veo; aunque he notado que en los últimos días te ha pasado seguido.

—¿En serio?, no lo recuerdo.

—Si. ¿No te estarás drogando o algo así?

—No, como cree. No soy de esos.

—Bueno, como te he visto distraído en ocasiones, quise asegurarme.

—No volverá a pasar.

—Tranquilo chico. No es necesario que me prometas algo que no puedes controlar. Es un sangrado nasal nada más. Si no estás usando drogas, lo cual te creo, sería mejor que fueras al doctor a revisarte. ¿Solo te pasa aquí? A lo mejor te estoy presionando mucho.

—No, para nada don Raúl, si usted es un santo. También me pasa en mi casa, aunque allá me pasa durante las noches, pero igual ya me estoy acostumbrando.

—Nunca te acostumbres a lo que no es normal, mejor ve y chécate.

—Se lo prometo, a la primera oportunidad que tenga voy al doctor.

—No prometas —casi ordenó el viejo.

Por un momento Sergio pensó si era conveniente abrir este tipo de conversaciones con don Raúl. Era claro que no sabía porque sangraba de esa manera y tan frecuente, pero lo veía como un tema muy personal, que a lo máximo que había llegado era a platicarlo con Martha; pero ella no le había dado el trato que él hubiera querido. También a eso se había hecho a la idea. Eran solo tonterías.

—Hay un viejo amigo que tenía un problemita como el tuyo —dijo de pronto el señor.

—¿De goteras? —dijo distraído Sergio.

—No, muchacho —respondió entre extrañado e impaciente—. De hemorragias. ¿Tienes goteras en tu casa?

—Perdón, tenía la mente en otro lado. Y ¿Qué era?

—Hasta la fecha no lo sé —continuó—. Él y yo fuimos juntos a la escuela, éramos muy buenos amigos. Estábamos en el equipo de futbol. Cuando salimos de la preparatoria yo no pude seguir estudiando y empecé a buscar trabajo de lo que fuera, hasta que encontré el amor por la comida y por la cocina. Él, en cambio, se fue a la ciudad de Chihuahua a la universidad o al tecnológico, no lo recuerdo. En fin, pasaron muchos años antes de volver a encontrarme con él. Cuando lo vi, era diferente. Ya no tan divertido como era antes. Balbuceaba tonterías de la nada. Podríamos estar platicando de algún recuerdo, de los partidos de fut o de las muchachas del barrio, pero de repente como que se le iban las cabras al monte y decía cosas sin sentido. —Los ojos del viejo empezaban a humedecerse.

—¿Qué tipo de cosas?

—Cosas absurdas, ridículas sin sentido.

—¿Cómo qué?

—Cosas como que veía luces extrañas en las noches.

—¿En el cielo?

—En el cielo —repitió don Raúl casi en un susurro—. Y dentro de su casa —continuó volteando para todos lados. Ya no había clientes en su restaurant, solo estaban ellos dos—. Ven, siéntate.

—¿Aún vive? —preguntó mientras obedecía sentándose.

—Muy probablemente sí, aunque no sé en qué estado se encuentre.

—¿A qué se refiere?

—En aquel entonces, en los que te comenté que andaba raro, me contó su historia; sin sentido; sin coherencia. Me platicó que unos extraterrestres lo raptaron; que lo habían

Luces en el cielo: El deseo de irse

subido a su nave espacial y tonterías de esas. Yo no le creí al principio; te juro hijo que quería creerle. Era mi mejor amigo; casi mi hermano. Pero sabía que algo andaba mal en su cerebro.

—¿Y luego? —Sergio se mostró interesado pero al mismo tiempo confuso. Paso por alto la palabra "extraterrestres" y "raptaron". Son temas controversiales y él lo sabía, sin embargo algo más le llamo la atención ¿Por qué el viejo le estaba contando estas cosas? Al menos sintió la calidez y confianza de estar platicando de cualquier tema trivial con un amigo.

—Como dije, yo no le creí. Eran un montón de tonterías, que unos monos del espacio se lo habían llevado. Son estupideces. —El viejo mantenía una mirada perdida— Él lo platicaba con una combinación de entusiasmo y de miedo, pero no paraba de hablar. Decía que estos seres nos tenían estudiados, a toda la humanidad. ¿Y qué de especial eres para que se hayan fijado en ti? Le pregunté yo. No olvido que lo hice en tono de broma, de incredulidad. Pero esa pregunta lo alteró y empezó a gritarme que vendrían por todos, que era un pendejo por no creerle, que lamentaría el día que yo también estuviera amarrado en una camilla mientras hacían experimentos conmigo. Yo intenté calmarlo, pero seguía frenético, sus ojos se le llenaban de lágrimas y se le veían las venas alrededor de sus pupilas. —Don Raúl hizo una pausa mientras Sergio lo veía perplejo, luego continuó— Fue muy aterrador ver en lo que se estaba convirtiendo; era un desconocido para mí. Llegué a pensar que en la universidad había empezado a usar drogas.

—Por eso me preguntó lo mismo —susurró el muchacho.

—Cuando lo sostuve para calmarlo, note que le escurría sangre por la nariz. —Siguió sin prestar atención al comentario— Al principio pensé que yo lo había golpeado por accidente, pero no, él mismo me dijo que le estaba ocurriendo seguido. Decía algo como que los extraterrestres le habían implantado algo en la nariz para rastrearlo y que cada vez que venían por él se lo ajustaban o cambiaban, por eso sangraba de esa manera. Yo no le di importancia, solo quería calmar a mi amigo.

—Un momento —dijo Sergio—. ¿Me está diciendo que mis sangrados tienen algo que ver con abducciones extraterrestres?

—No hijo. Solo te estoy contando lo que él me platicó.

—Estoy tratando de comprender no solo la historia, don Raúl, sino también el motivo por el que me lo está contando. No es coincidencia que me vio la sangre en la nariz y acto seguido se pone a platicarme esto como si fuéramos los mejores amigos.

—Disculpa si te incomodo —interrumpió el viejo limpiando una lágrima que empezaba a asomarse.

—No, no. —Notó que lo había herido— Le agradezco esta charla, a decir verdad estoy bastante cómodo, aunque no sé si creer todo lo que está diciendo.

—Te entiendo, a mí también me cuesta tener una opinión sensata al respecto.

—¿Por qué me dijo que no sabía en qué estado está?

Volvieron a rodar lágrimas por las mejillas del viejo.

—Yo seguía en la creencia que algo tenía que ver con drogas, pero en ese entonces no sabía qué hacer. Mi madre conocía a un doctor. Le pedí el nombre y dónde lo podía encontrar para platicar con él. Con engaños lo llevé con el doctor; no lo quise llevar a su consultorio para que no hiciera alboroto, por lo que me quedé de ver con él en un parque y ahí llevé a mi amigo. Platicaron; yo no quise oír. El doctor resultó ser psiquiatra, se veía más joven que yo, y había llevado refuerzos. En cuanto se puso violento, dos tipos detrás de unos árboles lo abordaron y maniataron. Lo subieron a un carro y se lo llevaron al hospital mental. El hombre no ha podido salir de ahí desde entonces.

—¿Está en un manicomio?

—Y yo lo entregué —contestó con tristeza.

—Yo no uso drogas; de eso estoy seguro. Y dudo mucho que alguien, sea de este mundo o de otro, esté yendo a mi casa por las noches. Y si es así, les voy a decir que arreglen mis goteras. —No pudo evitar soltar una risa.

—No lo sé hijo, pero no solo fue la sangre en tu nariz lo que me dio una alerta —siguió—. Fue también el hecho de que tardaste mucho en entregar la orden del señor que tenía prisa.

—No me diga eso don Raúl, todo el día anduve como rayo; lo debí entregar en tiempo record.

—No es lo que vi —dijo empezando a preocuparse—. Yo estaba tratando de calmar al cliente enojado porque su comida tardó mucho. Volteé a la cocina y no estabas atendiendo la plancha. Estabas viendo el techo como tonto esperando que lloviera.

—No puede ser. —Acto seguido echó a reír.

—Es verdad —interrumpió más serio—. ¿No lo recuerdas?

—Porque no pasó eso.

—Podemos ver el video de la cámara de seguridad, así salimos de dudas.

—Me está asustando don Raúl. —La sonrisa se borró de inmediato al ver los ojos de su patrón.

—No es mi intención, pero yo también lo estoy.

—Mejor lo dejamos así don Raúl. Ya es tarde, limpiemos este lugar y vámonos a descansar.

Así lo hicieron. De vez en cuando se volteaban a ver el uno al otro, pero no dijeron más.

3

—Ya llegué amor —dijo él en tono fastidiado al entrar a la casa y dejar sus llaves en el plato de la entrada.

—¿Cómo te fue cielo? —gritó ella desde la ducha.

—Bien. —A secas.

—¿Y la entrevista?

—Dijeron que ellos me hablaban.

—Ya voy a salir. Ahorita me platicas todo.

—Ok —dijo desganado.

Mientras su esposa salía de la ducha, él se acercó al refrigerador para ver si por arte de magia había un refresco o tal vez una cerveza, pero no, descubrió que había exactamente lo mismo que en la mañana: agua. Tomó la jarra y la sirvió en un vaso. Salió al patio y encendió su cigarro. Y a empezar de nuevo.

Su cerebro se partía en dos o más entidades y discutían unos con otros, todos tratando de convencer a Sergio que su punto de vista era el mejor y de ahí debía tomar sus decisiones. Hasta donde le llegaba su memoria, era común tener estas batallas internas. A veces eran guerras encarnizadas que doblegaban al hombre hasta quebrarlo; esos eran sus malos días; otras veces lograba controlarlos y su lado racional salía victorioso. Por fortuna, pensaba en ocasiones, que sus decisiones más importantes venían de una de esas victorias de lo sensato. Temía que de tanto insistir uno de esos demonios lograría triunfar y Sergio decidiera algo que después se arrepentiría.

Por raro que esto se escuche, era verdad; el individuo se había acostumbrado, mas no aceptado, que esas luchas internas existieran casi siempre. Esto iba desde una plática sencilla con su esposa, con su jefe o con cualquier persona en la calle. Él actuaba normal; recibía información en su cerebro y este después se ocupaba de desglosarlo y hacer trizas el día de Sergio. Bueno, es justo decir que eso sucedía solo en los días de angustia, presión financiera o cuando había tenido alguna discusión fuerte con Martha. A veces las usaba como escudo, o quizás arma frente a su esposa, a manera de detener la pelea, pero salía contraproducente al confundirla, incluso hasta asustarla.

Los días buenos eran todo lo contrario. Buen humor, chistosos, pensamientos inteligentes, analítico, amoroso, ca-

Luces en el cielo: El deseo de irse

chondo, servicial. Atendía su trabajo con mucho entusiasmo. Cabe decir que también se distraía con sus sueños; de ahí vienen sus proyecciones más optimistas que quizás lo hayan hecho tener altas expectativas y por ende sus mayores decepciones. Pero fuera de eso, eran días que él brillaba, se le notaba en el rostro. La gente lo saludaba en la calle, no había pleitos con su mujer. No había pleitos con nadie. En un día como éstos había conocido a Martha y pasó muy poco tiempo para que se enamoraran y decidieran casarse. Ella si presencio uno que otro día malo, pero en su mayoría fueron excelentes, diría ella.

El mayor problema, sabía Sergio, eran los momentos donde pasaban tantas cosas buenas en su vida que su cerebro empezaba a desacreditarlas. En esos ratos de pensamientos a la luz de la luna y cigarro en mano, pensaba en lo ocurrido en la jornada; sonreía y sentía por última vez en el día esa sensación de satisfacción y paz. Acto seguido se nublaba su mente y pensaba en lo que no fue; si en el súper le habían dado mal el cambio de su compra, le habían dado de más, él no se iba a su casa, se regresaba con el cajero y le decía que se había equivocado y le regresaba el excedente, sin embargo la reacción del hombre no llenaba las expectativas de Sergio, la mejor de ellas era solo decir gracias y voltearse, una que otra era de tomar el dinero y guardarlo en la máquina registradora sin decir ni una sola palabra; o cuando a alguien en la calle, en el camión o en el mismo restaurant donde trabajaba él sentía que estaba haciendo algún acto de bondad, quizás no esperando un premio o un aplauso, pero si aquella mirada o palabra de aliento que le dijera «gracias», «te debo una», «que amable».

En el momento lo dejaba pasar, la mayoría de las veces. Sí hubo una que otra en donde en su mente se regresaba a romperle el cuello al individuo, pero eso solo ocurría en su mente. No era en el momento, lo peor llegaba generalmente por las noches, ya en su casa, muchas veces solo y otras con Martha en la casa. Cuando su cerebro recorría lo sucedido en el día y llegaba a los momentos de bondad, felicidad o donde él sentía satisfacción por sus actos, éste se encargaba de ensuciarlos. No eran válidos, «fue solo un saludo, no mames», «ni sabía tan rica la carne», «¿y te crees buen cocinero?», «pues si era tu trabajo, ¿porque quieres que te lo aplaudan?». Todo aquello bueno que traía para platicar Sergio a su esposa, todo aquello que lo llenaba de orgullo por más pequeño que esto fuera, perdía valor. Su chuleta no era digna de platicarse, el ayudar a alguien en la calle no era digno de presumir.

El haber atendido esa entrevista no era un logro, por el contrario, era una derrota, no había conseguido el empleo y no sabía cómo decírselo a Martha... sin estallar.

—¿Y bien? —Interrumpió sus pensamientos Martha todavía secándose el pelo con una toalla.

—Hola amor —Éste solo saludo y le dio un beso.

—Platícame —pidió. Ya su sonrisa era menos pronunciada pero seguía esperanzada.

—Me dijeron que ellos me hablarían —mintió de nuevo.

—Pero durante la entrevista, ¿Cómo te fue? ¿Qué te dijeron? ¿Qué dijiste?

—Me fue bien. Me sentí cómodo. Aunque si me preguntaron si tenía experiencia previa trabajando como ingeniero. A lo mejor eso me quite puntos.

—Vamos a esperar. Para tener experiencia alguien te tendrá que dar la primera oportunidad.

—Ojala —dijo él sin muchas ganas. Ella notó eso.

—No quieres el trabajo, ¿verdad?

—Sabes lo que quisiera. No me lo tomes a mal, sabes que estudié para cumplir un sueño, aunque este no sea necesariamente el mío.

—Sé que fue mi papá el que te lo pidió, como prenda de buena voluntad al casarte conmigo —dijo Martha un tanto responsable—. Lo único que quiere él es que vivamos mejor.

—¿Tú crees que no podamos vivir mejor con nuestros propios sueños? —replicó Sergio.

—Sí, siempre y cuando los hagamos realidad. Y para hacer realidad tu restaurant necesitamos dinero. Para poder instalar mi propia galería con mis obras necesitamos dinero.

—Y hacer más —soltó el.

—No, no, no. Eso es golpe bajo —empezó ella a encenderse—. Sabes que esto es de inspiración. Además no estamos hablando de mí ahora, es de la posibilidad de tener un mejor trabajo con un mejor ingreso. No sabes todavía si en algún momento te va a gustar trabajar de eso. Yo recuerdo que cuando llegabas de la escuela muchas veces venias entusiasmado con lo que habías aprendido, con las posibilidades a futuro. Pensé que te gustaba.

—Sí me gusta.

—¿Entonces?

—Es complicado explicarte.

—Inténtalo.

Sergio guardó silencio unos segundos, que para Martha fueron minutos.

—Sí quiero el trabajo; sí me entusiasma; pero no me lo dieron.

—¿Ya te hablaron?

—No, ahí mismo me lo dijeron. Dice el señor López que revisaron los resultados de la encuesta que me mandaron por correo, la que mande antes de ir a la entrevista y me dijo que ahí les indica que puedo ser buen elemento, tengo los conocimientos técnicos y podría desarrollarme bien, pero que hubo una sección que les llamo la atención. En ella les decía que soy inestable, que podría ser de los que brincan de un trabajo a otro, por lo que temían que gastaran mucho dinero en mi contratación, entrenamiento y esas cosas y al final yo cambiara de trabajo así como así.

—Pero…

—Les contesté que cómo podían adivinarlo si era mi primer trabajo en maquila —interrumpió—. Y que llevo trabajando en el restaurant muchos años, eso es claro que no soy de los que andan de un lado para otro.

—¿Y luego?

—Pues nada. Me dijo que le daban un alto valor a esas encuestas, "psicológicas" les llamó, y pues… me dijo que no se arriesgarían.

—Que cabrones.

Sergio solo se encogió de hombros.

—Ellos se lo pierden —intento acercarse para abrazarlo pero él se movió hacia atrás. Esta actitud la tenía solo en los días "malos" y Martha lo sabía.

—Ahora resulta que no solo tengo que estudiar para trabajar sino también debo estar a la altura de evaluaciones donde dice que a lo mejor estoy mal de algo que a ellos les debería valer un cacahuate, mientras les cumpla con el trabajo, ¿no? —dijo sin disculparse por no aceptar el abrazo de su esposa—. Por eso me enojan estas cosas. Por eso no quiero estar a la espera de las expectativas de otros, mejor solo, como siempre.

—Tranquilo amor —comenzó ella.

—Cómo quieres que esté tranquilo si hago lo que me piden y cuando no me sale…

—Un momento, nadie te está diciendo que esté mal —interrumpió ella. Sergio solo la miraba—. No tienes que hacer lo que otros te digamos. Son solo sugerencias. Yo te amo, mis papas te aman, saben que yo te amo y eso es suficiente. Claro, hemos comentado frente a ellos que a veces no nos alcanza el dinero y eso los preocupa. Y como padres nos van a seguir ayudando hasta que a ellos se les acabe el tiempo.

—Pero son tus padres… —había comenzado pero en el instante ella se interpuso.

—Son mis padres y ellos por convicción tomaron el papel de padres tuyos también. Ya lo hemos hablado. —La impaciencia en Martha se empezaba a notar— Pero si tengo que decirlo mil veces más, pues mil veces más me tienes que escuchar. Mi papá no te está dando una orden, te está sugiriendo algo que te puede ayudar. ¿Quieres demostrarle que se equivoca? hazlo. Pero demuéstraselo con hechos. Ya no le cuentes tus planes del negocio, ya no me los cuentes a mi si quieres. Empieza como puedas, hay muchas maneras honradas de conseguir el dinero; pedimos un préstamo o me meto a trabajar yo en otro lugar, no lo sé; pero ya déjate de tonterías pensando en que estamos en tu contra. Te queremos y queremos ayudarte, yo más que nadie.

Sergio mantuvo el silencio. En su mente había dos cosas: una parte procesaba lo que Martha le estaba diciendo y eso lo hacía sentir bien; la otra escudriñaba en donde podría intervenir y manipular la situación para ponerla a su favor. «¿Quién es tu amigo? ¿Ella o yo?, yo estoy buscando como sacarte de aquí, pero ella solo quiere meterte en cosas que tú no quieres hacer». Eso también lo hacía sentir bien. Por lo general este último era más rápido y astuto. «Lo tengo».

—Dices que quieres ayudarme y que te importa realmente lo que pasa en mi vida, pero ¿Qué hay de cuando te platico que sangré de la nariz? —soltó al fin.

—¡¿Qué?! —La expresión confusa de Martha era genuina —¿Qué carajo tiene que ver eso con lo que estamos hablando?

—No es necesario que levantes la voz —replicó él.

—No, no mames Sergio. No me vengas con que estoy levantando la voz. —Aunque si sucedía— Estamos hablando en serio y tú sales con que te sale sangre de la nariz y le das más importancia que nuestra situación.

—Ahí está, ¿vez como le das la importancia solo a lo que te conviene?

—Pero ¿cómo comparas el que nos esté llevando la chingada con que te salió sangrita de la nariz?, ¡no mames! —dijo con sarcasmo.

—Pues esa "sangrita", como tú le dices, me ha pasado cada vez más seguido y puede ser algo.

—Algo ¿Qué?

—Alguna enfermedad, algo que me impida hacer las cosas.

—¡Ay, por el amor del cielo! —Martha estaba cada vez más confusa y empezaba a pasar al grado de enojo— Ahí está, te encanta salirte por la tangente cuando ya no sabes que más decir. Como me gustaría que maduraras más en ese aspecto amor, que sepas que no es necesario manipularme a mi o a nadie.

—No estoy manipulando. —Mmmmm quizás si— En verdad me preocupa si tengo algo.

—Lo entiendo. —Intentaba calmarse— Pero no eres el mejor en plantear el problema en el momento adecuado.

—Nunca ha sido el momento adecuado. —Aunque debía admitir que ya habían cambiado de tema, punto para su cerebro— Tengo miedo, ¿sabes?

—¿Miedo? ¿De qué? —la paciencia de la mujer se agotaba de nuevo.

—Don Raúl dice que para él es que los extraterrestres me raptaron alguna vez y me implantaron un sensor en la nariz y que por eso sangro a veces; cuando se mueve o incluso cuando ellos le hacen algún ajuste —soltó la información como si fuera una broma.

Martha lo volteo a ver incrédula— Me estás jodiendo ¿verdad? —Intentando asomar una sonrisa.

—No. Yo no sé si sea cierto, pero es verdad que me dijo eso.

—¿Y le crees?

—No sé.

—¡Ay Dios! —dijo ella haciendo círculos con sus ojos.

—¿Tú lo crees?

—No.

—Entonces para que hablarlo. —Se dio la vuelta y se encerró en el baño.

Martha se quedó como trabada. No entendía por qué su marido se escabullía de los problemas de esa manera tan infantil. Esa noche no habría más discusión. Ambos se fueron a dormir después de cenar; silencio en todo momento.

4

Se acercó a la puerta con cautela y presionó el timbre; pasaron unos segundos; al no haber respuesta Martha lo volvió a intentar. Una voz le pidió que esperara, que en un momentito atendía. La casa era de la vecina de enfrente, Sonia, quien desde que Martha y Sergio se mudaron al vecindario entablaron una buena relación, principalmente las dos mujeres. No se frecuentaban tanto como ellas quisieran. Sonia era madre soltera con un hijo de cinco años; su rutina era llevar al niño a la guardería y de ahí se pasaba a la maquiladora donde por diez horas estaba de pie ensamblando partes de televisores.

Al final de su jornada tomaba el transporte otorgado por la empresa y no se bajaba cerca de su casa, sino del lugar en donde tenía que recoger a Luisito; de ahí ambos recorrían a pie cerca de quince cuadras para llegar al hogar, preparar la comida al mismo tiempo que atendía las necesidades del pequeño; comían, se bañaban juntos y después le permitía ver un rato la televisión antes de ir a dormir; esos eran los únicos ratos en que Sonia descansaba, si no había otra cosa que hacer, como lavar trastes, limpiar la casa o preparar el lonche y la mochila del hijo. Tenía poco tiempo para ella, y eso incluía el platicar con su amiga; se podría decir que se visitaban una a dos veces por semana para ponerse al tanto.

—¡Hola hermosa! Pásate, pásate.

—Hola güera, ¿Cómo has estado?

—Bien. Ya sabes, en la chinga de todos los días. ¿Y tú?, no me digas que te volviste a pelear con tu marido.

—No, claro que no. —Leve mentira de Martha— Hasta ahorita parece que las cosas van bien: a secas.

—¿A secas?, o sea que si hay algo. —Al tiempo que ambas se sentaban en el sofá.

—¿Cómo esta Luisito? —cambió de tema la invitada.

—Bien, ya tiene rato que no me lo han reportado en la guardería, ni en el kínder; ahorita está en su cuarto viendo la tele.

—Bueno, eso ya es ganancia, lo de los reportes me refiero.

—Sí, ya se; pero, a ver, no me contestaste la pregunta. ¿Por qué a secas?

—Hay güera, la cosa sigue igual con lo del trabajo de Sergio; la otra semana le hablaron para una entrevista pero al parecer no le fue bien. Lo que me saca de onda es que no le puedo robar mucha información. Empezamos a platicar bien y de pronto nos ponemos a la defensiva: —Hizo una ligera pausa— ambos.

—Y ¿qué te dice?

—Pues que no se siente a gusto. Que sí se ilusiona con trabajar como ingeniero, pero al mismo tiempo su mente está más en los otros planes que tiene, ya sabes, lo del restaurant y esas cosas, pero en eso yo no alcanzo a ver que esté haciendo algo por avanzar.

—Aunque no lo creas, te entiendo. Con Diego era lo mismo. Siempre se quejaba de las broncas que traía en la maquila, que no lo dejaban en paz y que se sentía un esclavo. Yo creo que no le batallaba tanto en realidad pues tenía allá quien lo atendiera —dijo la vecina burlándose.

—¡Oye! Quedamos en que ese tema lo dejaríamos por la paz; ya pasaron cuatro años.

—No te creas. Mejor que alguien más lo aguante. —Se levantó para ir a la cocina— ¿Te traigo un vaso de agua o algo?

—¿Qué te parece algo más divertido? ¿Tienes?

—Así me gusta preciosa, significa que quieres platicarme algo. ¿Cerveza o Tequila?

—Cerveza para empezar —dijo Martha al tiempo que ambas soltaron una risita de complicidad.

Estas pláticas se extendían por horas. No había ninguna prisa, además les servía a las dos. Luisito no tardaría en quedarse dormido y en ocasiones especiales como esta, Sonia no se quejaría que al día siguiente se tenía que levantar temprano y con una ligera resaca. Martha, al igual que su amiga, sabía que esto no le ocasiona disgusto a su esposo, por el contrario, aseguraba que él lo aprovecharía para hacer sus cosas solito en la casa. Platicaron por largo rato, de la escultura que vendió Martha, de la posibilidad de Sonia que la ascendieran en la maquila a inspectora de calidad y de otras tantas cosas que habían pasado en la última semana que no se habían visto. Solo Luisito las interrumpió cuando fue a darle las buenas noches a su mamá; les dio un besito a ambas y regresó a su cuarto. A Martha le encantaba la voz chillona de Luisito.

—¿Y tú pa' cuándo? —soltó de repente Sonia.

—Ya vas a empezar.

—No, en serio, yo sé que te tengo hasta la madre con eso pero no te estás haciendo joven amiguita.

—Ya lo sé, pero... —Hizo una mueca apuntando a su casa.

—Ambos quieren, ¿no? Eso es lo que recuerdo.

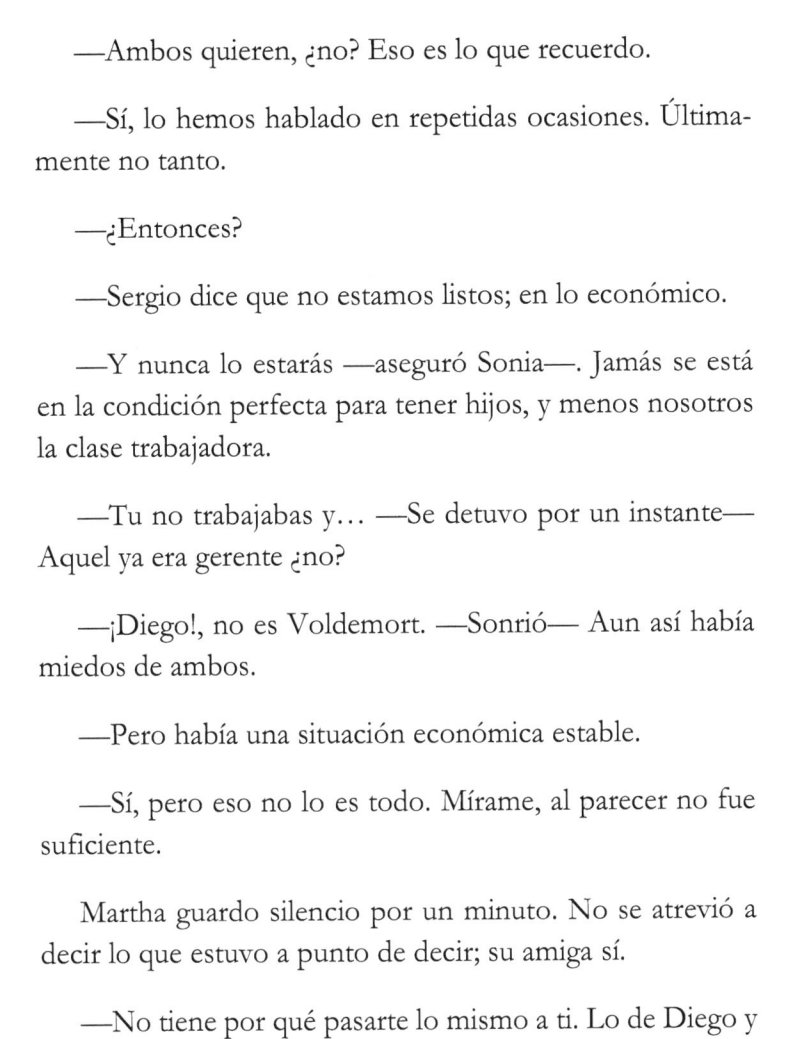

—Sí, lo hemos hablado en repetidas ocasiones. Últimamente no tanto.

—¿Entonces?

—Sergio dice que no estamos listos; en lo económico.

—Y nunca lo estarás —aseguró Sonia—. Jamás se está en la condición perfecta para tener hijos, y menos nosotros la clase trabajadora.

—Tu no trabajabas y... —Se detuvo por un instante— Aquel ya era gerente ¿no?

—¡Diego!, no es Voldemort. —Sonrió— Aun así había miedos de ambos.

—Pero había una situación económica estable.

—Sí, pero eso no lo es todo. Mírame, al parecer no fue suficiente.

Martha guardo silencio por un minuto. No se atrevió a decir lo que estuvo a punto de decir; su amiga sí.

—No tiene por qué pasarte lo mismo a ti. Lo de Diego y yo se venía arrastrando desde hacía tiempo. Era algo que yo no me daba cuenta, pero Sergio no es así, te ama con locura, se le ve en los ojos y tú misma me lo has dicho.

—Pues sí —dijo apenada por lo que pensó—. Pero nosotros también tenemos problemas.

—Como todas las parejas.

—Me da miedo retomar el tema con Sergio, siento que anda muy presionado. Me siento culpable por momentos de que yo soy parte de esa presión, pero en otros me da rabia que no podamos tener una conversación larga y amena sin ningún reclamo.

—¿Sientes que lo estas dejando de amar? —soltó atrevidamente.

—No, no me canso de decirle que lo amo.

—Entonces el cincuenta por ciento de la relación está de acuerdo. Solo hay que descubrir en donde está el otro cincuenta.

—Dice que no lo entiendo. Pero si no me explica bien qué es lo que lo atormenta no puedo ayudarlo.

—¿Problemas sexuales?

—No —contestó de inmediato—. Pero a veces sí, porque las discusiones nos llevan a no hacerlo.

—Entonces es otra cosa.

—Ha estado muy distraído; como si no estuviera enfrente de mí; dice que está teniendo pesadillas o algo así, luego menciona una y otra vez que tiene sangrados por la nariz —dijo subiendo la voz repentinamente—. Hazme el favor, una pinche gotita de sangre por la nariz: no aguantaría ser mujer.

Ambas soltaron una carcajada. Sonia lo hacía para tranquilizar el tono de voz de su amiga. Martha por desesperación.

Luces en el cielo: El deseo de irse

H. E. Saldivar

¡Cling! ¡Clong! ¡Clong!

1

Se dirigían camino a la bodega del orfanato; iban a paso lento, con deseos de no llegar a su destino. El ratón tuvo el impulso de tomarle la mano a su amigo, pero no lo hizo por miedo a su reacción; con tres años de diferencia, había la creencia de éste último de que el gato era el grande, el maduro, el valiente; tomarle la mano sería símbolo de debilidad, de miedo e incluso de mariconería; optó por no hacerlo, pero sí se acercó a él un poco. En sus manos llevaban una cubeta con dos trapos secos dentro, una escoba y un trapeador. La encomienda en esa bodega era reacomodar los víveres, limpiar los estantes y dejar el piso reluciente. Les había dicho la directora Isabel que ella revisaría que se haya hecho a la perfección el trabajo, y si éste no era de su agrado los dejaría ahí hasta que aprobara la efectividad de la tarea.

—No quiero llegar —expresó el pequeño. Se le notó la carita asustada.

—Tenemos que apurarnos. No queremos que nos oscurezca ahí dentro. Ya son las seis; nos quedan menos de hora y media.

—Tengo miedo, gato.

—No te apures, enano. Estoy contigo. Yo te protejo.

La puerta de la bodega estaba frente a ellos: vieja y sucia; con un cerrojo de principios del siglo XX. En más de una ocasión el orfanato había conseguido fondos para renovaciones y ampliaciones: de la iglesia, del gobierno o con actividades extras durante las festividades de Camargo. Nuevos salones, pintura en las paredes, mobiliario para baños, mesas y sillas para el comedor, uno que otro carro del año para la directora; en fin, el presupuesto alcanzaba perfectamente para eso y más, pero nunca lo suficiente para modernizar la bodega. Incluso podría ser estratégico; era sabido por todos los maestros y la directora que las historias que contaban los niños a cerca del lugar les aterraban; en ningún momento hicieron el esfuerzo de desmitificar el asunto. Si bien tampoco alimentaron los cuentos, los permitían para que mantuvieran ese miedo hacia el lugar; viéndolo desde la perspectiva adulta, no querían que un montón de niños se escabulleran en la bodega para sacar alimentos. El presupuesto era necesario para otras cosas, ¿verdad?

—Vamos, enano, tú traes la llave.

El pequeño hurgó en sus bolsillos hasta encontrarla.

—Ten, abre tú.

—Miedoso.

El ratón no dijo nada, ni quiso mirarlo a los ojos. Sí, era claro que tenía miedo. Mientras tanto el gato fingió una sonrisa y se decidió a abrir la puerta. Dos vueltas enteras dio la llave para quitar el cerrojo. Con un ligero empujón abrió la puerta. Un olor de polvo, suciedad y algunos víveres en descomposición, más uno que otro roedor muerto les recibió al cuarto. Tuvieron que usar sus playeras para taparse la nariz. La iluminación natural era poca, solo dos pequeñas ventanas arriba en dos de las paredes de cuatro metros de alto eran las encargadas de dar una atmósfera tétrica al lugar. A tientas buscó el gato el interruptor de luz hasta que lo encontró, lo accionó y la iluminación mejoró. Con paso lento, ambos entraron al lugar.

En ese cuarto había cinco estantes que daban hasta tres cuartas partes del techo; un par de refrigeradores, un gabinete y un congelador; eso era todo; y claro, los alimentos que guardaban. Cuando se acostumbraron a la luz, los niños se repartieron el trabajo. El gato, por ser el grande y de mayor alcance se dedicaría a limpiar los estantes, incluyendo seleccionar los alimentos que a su juicio ya no servían. Mientras tanto, el ratón se encargaría de limpiar y seleccionar los alimentos del gabinete, los dos refrigeradores y el congelador; al final, entre ambos limpiarían el piso, uno barriendo y el otro trapeando. Una vez hecho el plan, ambos pusieron manos a la obra. El tiempo era corto y la luz cada vez más escasa.

—¿Crees que te guste estar con tus nuevos papás? —preguntó inocente el ratón.

—No quiero hablar de eso enano —contestó seco.

—Sé que no te gusta, y me has dicho muchas veces que no hable de eso, pero yo en tu lugar estaría contento.

—No es cierto, ¿y qué hay con eso que me seguirías a buscar a mis verdaderos padres?

—Pues sí, pero ya ves lo que nos dijo Don Juan.

—No me importa lo que diga ese viejillo.

—Lo dice por cuidarnos.

—Mira enano, yo no sé si ese viejo nos quiere cuidar o solo nos quiere asustar. De lo que estoy seguro es que no quiero estar aquí y tampoco me agrada pensar que estaré con unos desconocidos.

—Pero... ¿y si son buenos? ¿Y si tienen dinero para comprarte juguetes y muchos dulces?

—No digas tonterías, ¿crees que me va a adoptar Guillermo Wonka? —dijo el mayor. El gato tenía la costumbre de utilizar nombres en castellano cuando se trataba de personajes extranjeros. Tenía un especial gusto por leer, era su refugio durante las largas horas de su existencia. Además, le agradaba mucho la clase de ciencias naturales. Una manera efectiva de aprenderse a los grandes científicos o escritores y sus personajes, era usando sus nombres en español. Para él no era Willie Wonka, sino Guillermo Wonka. El no leía a Charles Dickens, sino a Carlos Dickens. Ni escuchaba a Ludwig Van Beethoven, sino simplemente a Luis.

—No, pues… yo solo decía —replicó el ratón.

—Sigue limpiando enano, que el sol ya está escondiéndose.

—Aquí hay muchas cosas que apestan.

—Acá arriba también. Deja todo lo que huela mal a un lado de la puerta y ya nada más le decimos al viejo que él venga por eso.

—Oye gato, ¿me vas a visitar ahora que te vayas?

—Ya te dije que no me voy a ningún lado sin ti. No hay tal familia ni nos vamos a estar en este basurero toda la vida.

—Dijo don Juan que en dos semanas ya vienen por ti.

—Tenemos que idear algo. No podemos esperar tanto.

—¿Qué se te ocurre? Ya ves que tu último plan no funcionó. Y terminamos limpiando caca y comida descompuesta.

—Eso no resultó porque no me hiciste caso de arañarme.

El sol estaba bajando y la luz natural cada vez era menos. Aún tenían el foco. Eso los dejaba tranquilos. De cualquier manera, el hecho de estar en ese cuarto en horas nocturnas ya les erizaba el pelo. Tenían que terminar antes, si no, quien sabe lo que podría pasar. Se apresuraron por hacer sus labores rápido, pero el sol cada vez se escondía más y más. Para cuando éste se ocultó por completo, al gato le faltaban un estante y medio para terminar su parte, mientras al ratón le restaba solo el congelador.

—Ya casi termino —dijo el ratoncito—. Apúrate, no quiero estar esperando.

—¡No, por favor no! No me vayas a dejar aquí solito. —Se burló el gato imitando una voz chillona.

—Apúrate, pues.

—Por mi déjame solo. No creas que tengo miedo —mintió—. Te digo que no pasa nada… ¡aaay!

El foco se apagó echando chispas mientras dejaba sin luz el cuarto. Afuera, el sol se escondía por completo y el cielo se nubló deprisa; una tormenta parecía avecinarse; ya no entraba luz por las cuatro pequeñas ventanas por lo que no podían ver lo que estaba a unos centímetros de sus narices.

—Enano, ¿Dónde estás?

—¿Qué pasó? —comenzó a sollozar el pequeño.

—¿Dónde estás? —repitió el gato.

—Aquí, a un lado del congelador —cada vez con voz más nerviosa.

—No te muevas. Voy a tratar de bajar.

—Tengo miedo.

—Solo no te muevas.

El gato empezó a bajar del estante. Por más que quería hacerlo rápido, la falta de visibilidad le afectó. Tenía que pisar a tientas para no ir a resbalar o dar un paso en falso que lo hiciera caer del quinto nivel del estante en donde se encontraba. Una caída desde ahí le podría ocasionar contusiones fuertes e incluso alguna lesión más grave. Se empezó a sentir una baja en la temperatura. Los vellos de los brazos empezaron a erizársele. El único ruido era el de los intentos erráticos de los pies del gato por encontrar el siguiente nivel del estante. Nada más se oía.

—¿Sigues ahí enano? —dijo con voz agitada.

Luces en el cielo: El deseo de irse

—Sí. Apúrate gato, tengo mucho miedo.

—Sé valiente enano, no pasa nada, ya casi llego.

¡Cling! Se escucharon botellas chocando entre sí al lado derecho del gato, seguido de unos pasos veloces de lo que parecían unos pies ligeros.

—Te dije que no te movieras.

—Yo sigo aquí, a un lado del congelador. No me quiero mover (no me puedo mover).

—Entonces ¿que fue eso?

—¿No fuiste tú?

—No. Pero si lo oíste.

—Sí. Tengo miedo gato. No estés jugando así. Es una broma ¿verdad?

—No te asustes, no debe ser nada.

De nuevo los pasos veloces. Unas latas cayeron al suelo haciendo brincar los corazones de los niños. Uno apeñuscado de la puerta del congelador y el otro sin soltar las vigas del estante.

—Gato, gato… —gritó el niño.

—Tranquilo enano, ya voy. Sé valiente, no hay nada aquí.
—Pero si había algo.

—Gato, gato… —repitió en un grito ahogado.

Su amigo bajó literalmente como gato dando saltos de un nivel a otro hasta llegar al piso.

—Háblame ratón. Háblame para saber en dónde estás. No veo nada.

No obtuvo respuesta.

—¿Enano?

Silencio absoluto.

—¿Enano?

Nada.

—¿Eee...na...no?

Cada vez que repetía la pregunta en busca de su amigo la voz se le entrecortaba más y más. Pero no había respuesta a ninguna de ellas. Ya ni los pasos veloces escuchaba, ni alguna lata o botella que cayera al piso. El silencio era espeluznante. En el cuarto solo se escuchaba la agitada respiración de Oscar.

—¿Enano?, ¿Enano? —Su voz no alcanzaba la fuerza suficiente. Entre sollozos y respiraciones, su habla disminuyó hasta ser un gritillo casi inaudible.

—¿Ratón?

Luces en el cielo: El deseo de irse

Ante este último cuestionamiento, sintió como se le nubló la escasa visibilidad que tenía y estuvo a punto de desmayarse.

De nuevo los pasos veloces y más latas caídas al suelo. Oscar caminó a paso lento, con los brazos extendidos hacia adelante para tentar el camino. No pudo evitar dar un pequeño salto por los ruidos. Se tranquilizó por unos segundos y continuó su andar. Estante tras estante, luego uno de los refrigeradores. Después, nada. Un vacío. Siguió adelante. Recordó que los refrigeradores estaban uno enseguida del otro, unos pocos pasos separados quizá. Empezó a ubicarse. Los pasos y las latas caídas lo alteraron. Podría ser un roedor, se decía a sí mismo. El roedor que buscaba era más grande, era su amigo.

—¿Enano?

Nada. Pensó detener su lenta marcha. Temía a los ruidos que escuchó. «¿Una rata?». No. O parecía. Las ratas no harían tanto ruido al correr: «¿No sé?». Los pequeños pasos que escuchó no eran propiamente de un animal; le recordó más a pasos de alguien descalzo. Si fuera así, «¡que rápido corre! ¿Qué es? ¿Quién es?»

—¿Hay alguien ahí? —preguntó con los nervios a tope. Se imaginó una voz tenebrosa contestándole por su espalda. Se le erizó el pelo de la nuca de solo pensarlo; esas preguntas no se hacen cuando la respuesta puede ser causal de un tremendo susto.

Decidió continuar. Le faltaba recorrer un refrigerador, el congelador y el gabinete, después de ahí estaría la puerta. «¿La llave?» No, no habían cerrado con llave. Se palpó las bolsas del pantalón para cerciorarse que la traía consigo: ahí estaba; un problema menos. Extendió sus brazos lo más que pudo y los empezó a girar levemente para intentar tocar lo que estuviera a su derecha e izquierda: el segundo refrigerador. No pudo evitar dibujar una sonrisa de alivio. A tientas lo rodeó y continuó su paso «Dos…Tres…Cuatro…Cinco». En su mente contó los pasos que daba. No descartó que en algún momento tuviera que regresar al mismo punto por donde empezó. «Seis…Siete…Ocho». El congelador. Aquí vino una segunda sonrisa de nervios. «Uno…Dos…Tres…» La cuenta empezó otra vez. ¡Cling! ¡Clong! ¡Clong!

—¡Ay! —soltó su boca. Tres respiraciones agitadas.

¡Cling! ¡Clong! ¡Clong!

—¿Quién está ahí?

Nada. No hubo respuesta. Todo el tiempo se dijo que los ruidos debían ser producidos por algún animal en busca de una salida del cuarto. Intentó convencerse que ahí dentro no sucedían las cosas que los otros niños contaban; las leyendas de niños encerrados; o las historias más macabras de que era donde escondían los cuerpos de los niños que por accidente (o exceso de castigos) habían fallecido dentro del orfanato. Oscar, el mismísimo gato, odió tener esos pensamientos en la cabeza; usar las historias para asustar a los inocentes niños era una cosa, pero estar dentro del cuarto, escuchando ruidos raros era otra totalmente diferente.

¡Cling! ¡Cling! ¡Clong!

«¿Los fantasmas pueden mover cosas?» Se preguntó. «¿Me pueden dañar? ¿Le hicieron algo a mi amigo?»

—¿Enano? ¿Estás ahí? Sé que debes estar aquí, no pudiste haber salido. Vamos amigo, ¿Dónde estás? Háblame para llegar a donde estés. —Su voz era cada vez más angustiante.

Cuatro…Cinco…Seis… Algo frío. Un cuerpo diminuto. Una ligera silueta se dibujó frente a él. Por la estatura baja debía tratarse de un niño (¿Enano?). Pero lo que estaba frente a él no podía ser su amigo. O era un engaño de su visión por la falta de luz; o era que quien sea estuviera frente a él tenía la cabeza deformada. «Un muerto», pensó. El fantasma de alguien que fue brutalmente golpeado en la cabeza; el fantasma del ratón, su amigo, indicándole donde estaba su cadáver inerte. Todo esto pasó por su cabeza mientras se le entumecía el cuerpo.

—¿Qui…qui…qui…é…en e…e…res? —tartamudeó—. ¡Aaaaaaahhhh!

Pegó un grito ensordecedor cuando la puerta se abrió dejando entrar un haz de luz. Su visión se distorsionó al instante; su corazón latía de forma acelerada. La silueta deforme que estaba enfrente de él se esfumó. Una segunda silueta se asomó por la puerta, linterna en mano, que distorsionó aún más la visión del gato.

—Tranquilo niños. —Se oyó la voz del viejo Juan —No se asusten. ¡Dios mío!... ¿Qué pasó aquí? ¡Dios mío!

La linterna se dirigió al cuerpo de un niño tirado en el suelo. Sus manos nerviosas movían de un lado a otro ese haz de luz.

—Ten gato, tómala. —Le extendió el brazo para dársela al niño— Tómala y alúzame hacia abajo —ordenó el viejo.

Pero Oscar no se movía, estaba como catatónico con los ojos saliéndosele de sus orbitas; fijos en todo momento hacia donde estaba su amigo inerte.

—Agarra la maldita lámpara. —Se la extendía el viejo.

El niño al fin la tomó, sin quitar la vista hacia abajo. Como pudo dirigió la luz hacia donde se lo pedía el viejo. En el suelo estaba su amigo y cómplice de innumerables vagancias, con los ojos cerrados, su boquita abierta y los brazos extendidos. Había sangre en todo su pecho, cuello y parte inferior de la cara, de la nariz para abajo. La luz de la linterna se movía de un lado a otro en la mano del gato.

Luces en el cielo: El deseo de irse

—Alúzame bien gato —ordenó el viejo—. Tenemos que llevar a este niño a la enfermería. Parece que aún respira. ¿Qué fue lo que pasó?

El gato no contestó. Seguía con la mirada fija en el cuerpo de su amigo. Con un esfuerzo descomunal, el viejo arrastró al ratón hacia afuera del cuarto, quería llevarlo al menos hasta el pasillo que estaba iluminado.

—No dejes de aluzarme. Y por favor, muévete, yo solo no puedo, necesito que me ayudes a cargarlo.

El niño que estaba de pie no respondía. Mantenía la mirada fija en el ratón y movía la linterna a donde el viejo le indicaba.

—¡Ayúdame carajo! —gritó el viejo.

—¿Qué tiene? —por fin habló el gato.

—Dímelo tú. ¿Qué pasó aquí? De repente escucho ruidos y gritos desesperados. Vengo aquí y encuentro las luces apagadas y un niño ensangrentado en el suelo. Dime tú ¿Qué pasó?

—¿Qué tiene? ¿Por qué hay sangre en todo su cuerpo? — cuestionaba el niño cada vez subiendo más la voz. Cada vez de una manera más desesperada—. ¿Está muerto? ¿Está muerto, verdad?

—No. Está respirando. Ayúdame ándale.

El niño empezó a moverse para ayudar al viejo. Uno lo tomó por los pies y el otro por los brazos. Prácticamente lo arrastraron, uno por viejo y otro por niño pero ni juntos fueron capaces de levantarlo. Salieron del cuarto; la luz cegó al gato.

—Anda, vamos. Necesito tu ayuda. Tu sigue jalándolo de los pies y yo… ¿Y tú que tienes? ¿Qué te pasó a ti?

Los ojos del niño se dirigieron hacia abajo. Se encontró a sí mismo con la playera, los brazos y las manos llenas de sangre.

—¿Qué pasó aquí gato? ¿Qué has hecho? ¿Qué le hiciste a tu amigo?

2

La enfermería era un pequeño espacio con apenas dos camas, justo a un lado de las oficinas del orfanato. Los dos niños reposaban. La maestra de ciencias naturales, la profesora Salinas era la encargada de dar servicio ahí. Su conocimiento de primeros auxilios le ameritó ser la enfermera. Era suficiente con saber poner una venda, aplicar inyecciones y ocasionalmente hacer limpieza de heridas superficiales por raspones o pequeñas cortaduras. En veinte años no había existido un accidente grave, de manera que el presupuesto no alcanzaba para tener a una enfermera de profesión como parte del personal.

La señora Salinas tenía poco menos de quince años trabajando en el orfanato, y conocía bien a los rijosos del lugar y a los vagos por naturaleza. A los dos niños que estaban recostados en los camastros los ubicaba a la perfección. En más de una ocasión los había atendido. Recordó con extrañeza que nunca lo había hecho con ninguno de los dos por separado. Era sabido que estos dos niños siempre andaban juntos, además de visitantes asiduos a la enfermería. Siempre juntos.

—¡Vaya! Despertaste dormilón —dijo la profesora mirando al más pequeño de los dos.

—¿Qué pasó, profesora? —preguntó el niño.

—Tranquilo cielo, estás bien. Dormiste mucho nada más, pero estás bien.

—¿Qué me pasó?

—Dímelo tú. ¿De qué te acuerdas cariño?

—Estábamos en el cuarto de víveres limpiando... y luego se fue la luz. —Titubeó por un instante— No me acuerdo de nada más.

—¿Pelearon?

—¿Quiénes?

—Ustedes dos ¿Lo hicieron?

—No. —En realidad no lo recordaba. No sentía dolor en su cuerpo. Si hubiera peleado con su amigo, incluso en los golpes ficticios, siempre había por lo menos un leve dolor a las pocas horas. Esta vez no, por lo tanto no debieron haber peleado. Además, ¿Por qué era lo primero que preguntó la maestra?

—Tu amigo está bien. Ya despertó una vez; preguntó por ti y luego se volvió a dormir. Ambos durmieron mucho, creo veinte horas seguidas. Esta vez le ganaste a Oscar cariño, tú las dormiste de manera corrida. Puedes presumirle eso cuando despierte.

—¿Qué tiene él? ¿Está bien?

—Si amor, solo está cansado. —A la maestra le extrañó que ambos llegaran siendo cargados por el viejo Juan, uno después del otro, con la ropa llena de sangre de la cintura para arriba, pero ninguno de los dos presentaba alguna cortadura, ni siquiera raspones o algo que fuera la fuente de los sangrados.

—¿Usted sabe qué pasó?

—No, mi rey. Sé menos que tú.

—No entiendo —dijo confundido el niño—. Por más que lo intento, no recuerdo nada; solo tengo una sensación.

—¿Cuál, cielo?

—Miedo. Estoy aquí, acostado platicando con usted, pero siento miedo. No sé a qué.

—No tienes por qué, corazón. ¿Qué te puede hacer daño aquí?

(¡Cling! ¡Cling! ¡Clong!)

—No sé. Pero siento miedo.

—Porque siempre has sido un marica, enano. —Se escuchó la voz desde la otra cama. Su amigo no pudo evitar dibujar una sonrisa de alivio.

—¡Vaya! El otro bello durmiente ha vuelto con nosotros —dijo la profesora—. ¿Cómo te sientes cariño?

—Creo que bien. Pero... ¿Qué hacemos éste y yo aquí? ¿Nos caímos de algún estante?

—¿Exactamente qué es lo que recuerdas tú, niño?

—Estábamos limpiando el cuartucho el enano y yo. Ya casi terminábamos pero justo cuando se había obscurecido afuera, se fue la luz del cuarto. Empecé a hablarle a éste...

—Este tiene su nombre, jovencito —interrumpió la profesora.

—Bueno, el ratón pues —continuó haciendo cara de disgusto—. Pero no me contestó. Creí que me estaba jugando una broma, pero luego recordé que es un marica miedoso...

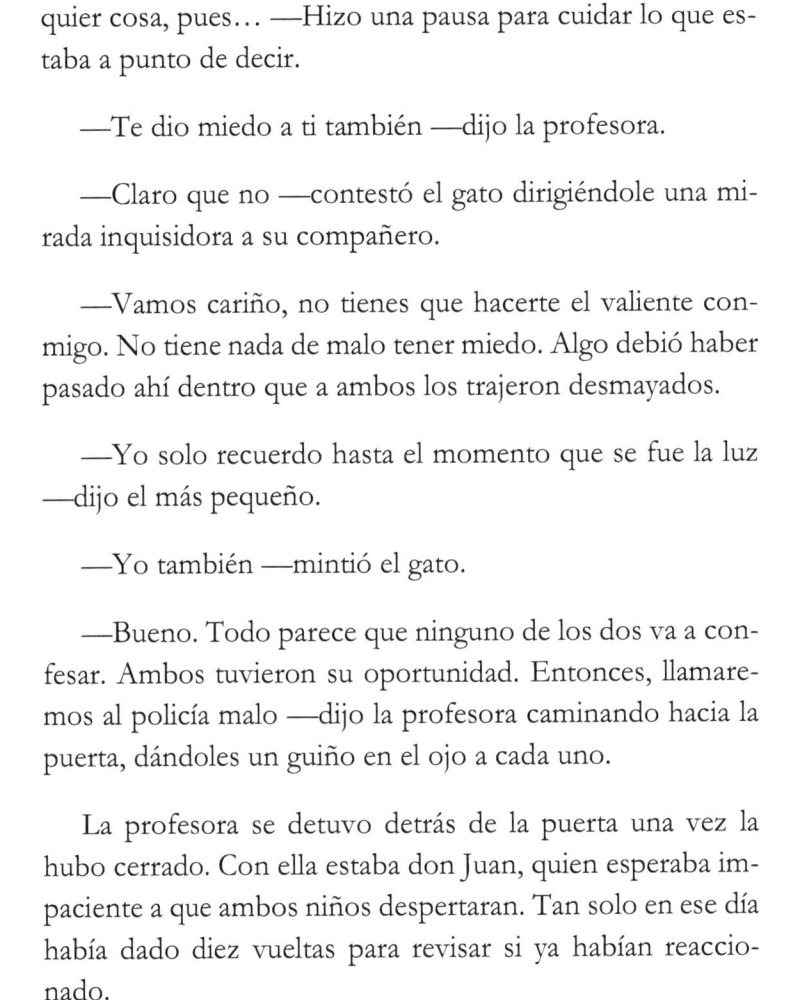

—Cuida tu lengua, jovencito, y tenle más respeto: es tu amigo ¿o no?

—Bueno…como sé que el ratón le da miedo por cualquier cosa, pues… —Hizo una pausa para cuidar lo que estaba a punto de decir.

—Te dio miedo a ti también —dijo la profesora.

—Claro que no —contestó el gato dirigiéndole una mirada inquisidora a su compañero.

—Vamos cariño, no tienes que hacerte el valiente conmigo. No tiene nada de malo tener miedo. Algo debió haber pasado ahí dentro que a ambos los trajeron desmayados.

—Yo solo recuerdo hasta el momento que se fue la luz —dijo el más pequeño.

—Yo también —mintió el gato.

—Bueno. Todo parece que ninguno de los dos va a confesar. Ambos tuvieron su oportunidad. Entonces, llamaremos al policía malo —dijo la profesora caminando hacia la puerta, dándoles un guiño en el ojo a cada uno.

La profesora se detuvo detrás de la puerta una vez la hubo cerrado. Con ella estaba don Juan, quien esperaba impaciente a que ambos niños despertaran. Tan solo en ese día había dado diez vueltas para revisar si ya habían reaccionado.

—¿Y bien?

—Nada, ninguno quiere hablar.

—¿Nada?

—Que no recuerdan nada. Solo que se fue la luz y de ahí, nada.

—Mienten. ¿Qué hay de los gritos?

—Ninguno mencionó gritos.

—¿Y la sangre?

—No les mostré la ropa. Nunca les mencioné sangre. Solo pregunté si se habían peleado, pero ninguno recuerda nada. Al menos eso es lo que me están diciendo. Espero que usted les saque más información.

—Aquí lo importante es saber si lo planearon. No es la primera vez que fingen una pelea con el afán de que los expulsen. Oscar está a solo quince días de irse con su familia adoptiva. Eso le aterra, pero no significa que debe llevar a rastras a su amiguito.

—Hay algo que debe saber antes de entrar ahí a cuestionarlos —dijo en tono muy misterioso la profesora—. La sangre es real, y definitivamente es mucha en cada camiseta, además de la que tuve que limpiarles de su rostro y cuello, pero no encontré ninguna herida, en ninguno de los dos. Eso me tiene inquieta.

—Qué raro. ¿Se aseguró de revisar bien? ¿Segura que no era pintura?

—Segura. No soy hematóloga, pero puedo asegurar que eso es sangre real. Lo que no pude encontrar es de donde proviene.

—¿Será posible? —dijo en voz baja el viejo, solo para sí mismo.

—¿Perdón?

—Nada, profesora. No dije nada. Déjeme entrar a interrogarlos. A ver si puedo sacar algo. —El viejo cambió su semblante de extrañado a uno de enojo. Él era el policía malo. Le guiñó un ojo a la profesora y empujó la puerta para entrar a la enfermería.

3

—¿Gato? ¿Estás despierto? —dijo el ratón desde la cama de arriba.

—Si —contestó éste.

—¿Estás nervioso?

—No. No estoy contento tampoco.

—¿Crees que algún día nos vamos a ver otra vez?

—No voy a ningún lado, enano.

—Pero mañana vienen por ti.

—Ya sé, pero no me voy a ir.

—¿Por qué?

—¡Shhh!, déjame pensar.

—No te entiendo, ¿Qué quieres que te deje pensar?

—¿Quién quiere a un niño malcriado? Nadie. Estoy pensando en cómo hacerle para que esos señores no quieran llevarme. Tengo que hacer un plan.

—Pero si siempre fallan tus planes, gato.

—¡Shhh!, que me dejes pensar.

—Oye, de la que nos salvamos la otra vez ¿verdad?

—¿Cuál vez?

—De que no nos castigaron otra vez por habernos peleado.

—No nos peleamos.

—Sí, don Juan me dijo que habíamos peleado, que tú me golpeaste en la nariz y me había desmayado.

—No pasó eso. Yo nunca te pegué.

—Pero le dijiste a don Juan que no te acordabas de nada.

—Mentí.

—Entonces, ¿qué pasó? ¿Por qué yo no me acuerdo?

—No lo sé. Yo tampoco me acuerdo de todo, solo recuerdo que te estaba buscando. Te estaba hablando pero no me contestaba.

—¿Me viste?

—Me imaginé algo, no sé qué era, o quién era, pero estaba de tu tamaño, debiste ser tú, pero te volví a hablar y otra vez no me contestaste.

—Yo no me acuerdo de eso. Yo sé de qué me acuerdo. Se fue la luz y cuando desperté, estaba en la enfermería con la maestra Salinas. ¿Y dices que me viste a mí?

—No lo sé. Ya déjame pensar, no ves que estoy ocupado.

Hubo un silencio que se alargó por cinco minutos.

—Tengo hambre.

—Yo también.

Luces en el cielo: El deseo de irse

H. E. Saldivar

No estoy loco

1

—Por fas don Raúl, acompáñeme a ver a su amigo. —Le pedía Sergio a su jefe mientras ponía una carne de hamburguesa en la plancha— Ya traigo días que no me saco esto de la cabeza. Necesito hacerle algunas preguntas.

—Yo no tengo nada que ver en eso —decía el viejo.

—Claro que tiene mucho que ver en esto. Usted fue quien me platico de su amigo. Usted fue el que vio en mí similitudes. Ayúdeme por fas.

—¿Tu señora sabe de esto? Que ella te ayude.

—Ella no lo entiende.

—Ni tú.

Luces en el cielo: El deseo de irse

—Cierto. —Hizo una pausa— Por eso quiero hablar con su amigo y no quiero ir solo porque él no me conoce. Quiero pensar que al ver una cara conocida le de confianza.

Don Raúl no dijo nada. Su cara de preocupación lo delataba.

—No creo que quiera hablar conmigo —dijo al fin—. Yo soy responsable de que él esté internado en ese lugar. Dudo mucho que me haya perdonado.

—Usted solo quería ayudar. Usted no tiene la culpa de lo que a él le paso.

—Yo solo quise ayudar —repitió en voz baja.

—Mire, desde ahorita le digo que yo no lo hago responsable de lo que a mí me pase o no me pase. El punto es que quiero saber que todo esto es solo una confusión y una serie de coincidencias, quiero entender porque me están pasando y ya, poder seguir adelante. Yo no creo que esto tenga que ver con extraterrestres. Entonces, creo que pensamos igual ¿no? Salgamos de dudas de una vez.

—Está bien. Saliendo te llevo, aunque puedo cambiar de opinión.

—No lo hará.

—Voltea esa carne muchacho —ordenó el viejo.

El resto del día estuvo tranquilo; ambos se ocuparon para no entablar conversación alguna que no fuera lo concerniente al restaurant. Limpiaron el lugar. Sergio le habló a su esposa para avisarle que llegaría un poco tarde; se puso una sudadera ligera y salió a fumarse su Pall Mall; mientras su jefe se aseguraba que el acceso posterior tuviera candado y que todo estuviera en orden. Al final cerró la puerta principal; esperó a que su acompañante terminara su cigarro y se subieron a la RAM roja. El camino fue largo y en silencio.

—Aquí es —dijo don Raúl parando su camioneta.

Sergio no dijo nada. Se bajó y caminó hacia la puerta del lugar. El viejo lo siguió a paso más lento.

—Buenas tardes, ¿en qué les puedo servir? —Un tipo joven con bata blanca los recibió.

—Venimos a visitar al señor… —Sergio volteo a ver a su jefe.

—Ramírez —dijo—. Pedro Ramírez.

—No pueden pasar los dos al mismo tiempo, uno de ustedes tendría que esperar en la salita y luego entrar cuando el otro haya salido. —Les informó el de la bata blanca.

—Es la primera vez que visito a mi primo. Mi tío aquí es a quien más conoce y nos gustaría entrar los dos al mismo tiempo, si es posible —soltó Sergio de inmediato. El viejo abría más los ojos desconcertado.

Luces en el cielo: El deseo de irse

—Lo siento señor, son las reglas.

—Entiendo, ¿Puedes hacer una excepción? Será solo unos minutos —sugirió.

El muchacho de bata blanca miro a la izquierda y luego a la derecha. Y asintió. Sergio y don Raúl lo siguieron hasta la sala de espera y de ahí a la sala de visitas, un cuarto amplio con mesas de la Coca-Cola y cuatro sillas plegables cada una. Se sentaron en una de ellas y esperaron a que bata blanca trajera a Pedro.

—¿Es él? —preguntó Sergio.

—Sí —contestó en voz baja el viejo.

La persona que vieron venia en unos harapos apenas. Piel morena, barba blanca y larga, ojos perdidos. Don Raúl no se atrevió a levantar la cabeza. Aún sentía la responsabilidad de haberlo recluido. El señor se sentó junto a ellos en silencio, con la mirada perdida.

—¿Te acuerdas de mí, Pedro? —No recibió respuesta— ¿Sabes quién soy?

—Me llamo Sergio, señor Ramírez. Soy amigo de don Raúl. —El viejo de barba mantenía el silencio— Quiero hacerle algunas preguntas, no lo vamos a molestar mucho.

—Vámonos muchacho, no creo que quiera hablar conmigo.

—Pero conmigo sí, espérese tantito —le dijo al viejo—. Pedro, ¿me puedes decir que significa la sangre en la nariz? —cuestionó al otro sin rodeos.

—Que estás marcado —contestó el viejo de barba de manera elocuente.

—¿Cómo marcado?

—Para rastrearte, saber dónde estás, qué comes, cómo vives; te vigilan, pero no te controlan.

—No entiendo. ¿Quién o qué te marca?

—Ellos.

—Sigo sin entender.

—Los seres del espacio.

—Te lo dije, está drogado —interrumpió el jefe.

—Cálmese don Raúl, deme oportunidad de que él diga lo que tenga que decir.

—Yo no les llame, no pedí que vinieran —continuó el viejo de barba.

—No es mi intención molestarle señor Ramírez...

—Ellos llegaron sin avisar.

—¿Quiénes?

—Te lo ponen en la nariz, por eso saben dónde estás.

—¿Qué cosa?

—Un sensor. —La voz de un extraño se escuchó detrás de ellos— Enfermero, por favor lleve a don Pedro a su cuarto, necesita descansar. —Volteó a ver a los visitantes— Soy el Doctor Ernesto Lira.

—Mucho gusto doctor. Mi nombre es Sergio y él es Raúl, somos familiares del señor…

—Sé que no son familiares —interrumpió el doctor.

—¿Perdón?

—Llevo atendiendo a don Pedro desde hace treinta años. Yo investigué el caso y entrevisté a los familiares y amigos, incluyéndolo a usted. —Dirigió la mirada a don Raúl— Por eso sé que no son familiares.

—Entonces usted nos puede ayudar —pidió Sergio—. Yo soy el que está interesado en saber qué es lo que le pasó al señor Ramírez. Me platicó hace poco don Raúl que eran amigos.

—¿Cuál es tu interés en particular? —preguntó el doctor.

—Yo también he tenido hemorragias nasales, que yo recuerde desde hace mucho tiempo, pero por alguna razón se incrementaron en los últimos meses.

—¿Te has checado la presión? Puede ser tan sencillo como eso.

—No. A decir verdad no le había dado importancia. No es diario, es quizás cada semana o cada dos.

—Hay muchas razones por las que alguien tiene hemorragias y no necesariamente tienen que ver con problemas como los que tiene el señor Ramírez. Pero si quieres hablar, hagámoslo en mi consultorio —dijo al tiempo que se llevaban a don Pedro de la sala de visitas.

Sergio asintió y ambos siguieron al doctor hasta una oficina a la entrada del pabellón de cuartos.

—Dijo algo de un sensor —comenzó mientras se sentaba ya en el consultorio.

—Según algunos conspiradores del fenómeno extraterrestre, los seres de otros planetas que abducen a humanos les colocan un sensor de rastreo en el antebrazo, en un hombro o en este caso, en la nariz —explicó el doctor y prosiguió—. De acuerdo al doctor Hopkins, quien en los ochentas trató estos casos por medio de hipnosis, cada vez que volvían para recabar más datos, les retiraban los sensores y se los vivían a colocar al dejarlos en donde los habían recogido. Es esa la razón de los sangrados nasales.

—Pero... pero usted ¿cómo sabe eso? ¿Usted cree en esto? —preguntó Sergio.

—No. A decir verdad no. Pero fue lo que tuve que investigar durante este tiempo que he tratado al señor Ramírez. Por ejemplo, no solo el doctor Hopkins habla de estos sensores. Son varios los que mencionan en sus libros e investigaciones sobre los sensores de rastreo. Según estas personas, los extraterrestres tienen siglos visitando el planeta, experimentando con animales, plantas y con el ser humano. Somos como conejillos de indias para ellos. Muchos han visto luces en el cielo, otros aseguran tener pruebas, fotos, videos. La verdad es que no está comprobado nada. —Los dos visitantes estaban confundidos con la información, don Raúl en particular mantenía la cabeza abajo, mientras que Sergio poco pestañeaba— Lo que cuenta Pedro es al mismo tiempo una historia tan increíble como coincidente con esos libros. En varias de las sesiones que tuve con él al inicio de su internamiento traté de atraparlo en la mentira. Quería saber si había leído alguno de las teorías que hablan sobre abducciones. No logré que me dijera que se lo había inventado tan a la perfección como lo cuentan estos seudoinvestigadores. Demasiadas coincidencias.

—¿Entonces si le cree? —preguntó Sergio.

—No puedo decir que esto no me parece fascinante. Tampoco le voy a mentir. Hubo momentos de duda que me hicieron leer más, sobre el tema en cuestión como sobre trastornos mentales, que es mi área. Cada día se encuentran cosas nuevas en la medicina, y la psiquiatría no es la excepción.

—¿Cuál es su opinión ahora?

—Que todo está en su mente.

—Por culpa de las drogas —dijo al fin el viejo Raúl.

—No necesariamente —replicó el doctor—. Se le hicieron varios análisis y no se encontró estupefacientes en su organismo, y desde que está recluido aquí solo se le han administrado las drogas controladas que dictan su tratamiento.

—¿Cómo en su mente? —inquirió Sergio haciendo caso omiso al comentario de don Raúl.

—Al señor Ramírez lo diagnostiqué con Trastorno Límite de Personalidad. Esto quiere decir que tiene síntomas de disociación temporal de su mente. Esto es, su disociación no es permanente. Tiene momentos de lucidez completa, la mayor parte del tiempo, de hecho. Son solo pequeños lapsos donde su mente se separa de la realidad y puede experimentar recuerdos que en la realidad no sucedieron.

—¿Esquizofrenia?

—No, esa condición es más grave. Una persona puede vivir normalmente con TLP, solo es necesario controlar esos momentos de disociación.

—Entonces ¿Por qué esta aquí recluido?

—Inicialmente fue para tratarlo y descubrir que tenía. Una vez que se le explicó su condición y que era libre de salir, él no quiso. Ya internado tuvo episodios críticos en los que lo tuvimos que sedar. La sensación de inseguridad lo atrapó y pidió ser recluido. Nosotros no lo hicimos.

—¿Qué tipo de medicamento le están dando?

—¿Es usted doctor?

—No, soy ingeniero —dijo un tanto indignado.

—Terapia principalmente. No requiere de medicamentos fuertes, quizás serotonina ocasionalmente cuando trae cuadro depresivo para que duerma bien, y en contadas ocasiones tranquilizantes cuando tiene episodios de crisis.

—Entonces, no está loco.

—No, no lo está.

Hubo un silencio incomodo por espacio de unos segundos que parecieron horas.

—Le agradezco mucho su tiempo doctor, no lo quiero molestar más. Y me disculpo por tanta pregunta.

—No se preocupe señor. Me disculpo yo por haber interrumpido su visita al señor Ramírez. Sin embargo yo si tengo una pregunta para usted.

—Le escucho.

—Mencioné que ustedes no son familiares de él. Al señor aquí presente lo entrevisté hace algunos años, y aun lo recuerdo pero, ¿usted por qué tiene interés en el señor Ramírez? ¿Es solo sus hemorragias? ¿O ha experimentado algo extraño, algo difícil de explicar?

—No, solo el sangrado, pero ya me dijo usted que puede ser la presión. Voy a ser honesto. No lo sé y no entiendo. Si usted me lo permite y me da una de sus tarjetas de presentación, —La tomó al tiempo que continuó hablando— es probable que me comunique con usted en otra ocasión.

—Con gusto lo atenderé.

Asintió con la cabeza y se retiraron los dos hombres del consultorio del doctor. Una vez ya en la RAM de don Raúl, Sergio le pregunto:

—¿Por qué usted no dijo nada?

—Tuve miedo hijo.

—Pero ya vio que usted no tuvo la culpa, solo quiso ayudar a un amigo.

—Tuve miedo por ti.

—Explíqueme por favor. Porque hasta la fecha no me he convencido donde pueda estar la similitud entre Pedro y yo, bueno, aparte de lo de la sangre en la nariz.

—Antes de decirte dónde yo veo ese parecido, déjame contarte algo.

Luces en el cielo: El deseo de irse

Sergio se acomodó en el asiento de la camioneta. No traía el cinturón de seguridad por lo que pudo voltearse casi por completo hacia el conductor.

—Cuando Pedro sintió que lo había rechazado, se apartó de mí —continuó el viejo con su plática—. Dedicó tiempo en estudiar el tema extraterrestre y convivía con personas de los mismos gustos. Llegué a visitarlo una que otra vez y muy seguido había alguien más en su casa; tipos medio hippies que se veían extasiados por las pláticas de Pedro. Más de una vez creí que le pedían les platicara sus experiencias solo para burlarse de él, eso me daba coraje. Pero a veces alguno de ellos se interesaba de verdad y después de escucharlo con atención vertía su opinión en la conversación. Muy a menudo aplicaron presión para que contara su historia en las noticias. En aquellos tiempos había programas de televisión que le dedicaron tiempo al fenómeno ovni.

—¿Llegó a ir a alguno? —Sergio mostró su genuino interés.

—No se logró. Hubo algo que descontroló la cosa. Era el año 1986, hacia unos días que habían pasado las elecciones para gobernador de Chihuahua. Se decía que hubo fraude y en todos los canales locales y los periódicos estaban las noticias sobre el tema. Justo por esos días alguien, que no recuerdo su nombre, periodista del Fronterizo supo de la historia de Pedro, quiso entrevistarlo e hizo un reportaje de él. El fenómeno explotó. Se hizo todo un argüende. Había un reportaje nuevo del caso de Pedro todos los días. Yo sentía que le daban mucha importancia y realmente poca investigación seria. Se convirtió en una celebridad local, pero en el mal sentido. No podía salir a la calle, cuando no era un reportero de algún periodicucho o de una revista sensacionalista, eran los vecinos, o incluso gente que lo reconocía por las fotos; lo insultaban; lo tacharon de loco. Hubo seudocientíficos que fueron también involucrados en los reportajes que sin tener un conocimiento, o mínimo un acercamiento a Pedro y a conocer de primera fuente su historia, lo descalificaron. Me consta que incluso llegaron a inventarle una vida de tragedia que en lo que a mi consta no era verdad. Yo solo veía como poco a poco su vida se destruía, con ayuda de estas mentiras como su deterioro propio por lo que era manipulado.

—¿Usted que parte tuvo en todo el circo?

—Estuve lo más apartado posible, pero veía en lo que lo estaban convirtiendo. Un día, supe del doctor Lira, pero te juro por mi vida que no sabía que era Psiquiatra. No me atreví a hablarle yo. Tuve que pedirle a una amiga en común y ella fue quien hizo la llamada. Sin avisarle a Pedro vino el doctor; platicó brevemente con él y terminó llevándoselo al hospital mental con la intención de obtener más información, con terapia y con estudios clínicos.

—¿Salió en los periódicos el doctor?

—No, él lo protegió de ellos. No le permitía la entrada a nadie al hospital, tampoco permitió que usaran su nombre en los reportajes. Ya te imaginarás, eso lo utilizaron para desprestigiar a mi amigo y de paso al doctor. Terminaron por decir que el personaje enloqueció y que eso le había hecho decir todas las incongruencias. Pero necesitaban mantener a la gente distraída de las investigaciones del fraude electoral, hasta que a alguien se le ocurrió otra historia fantástica de una niña que hizo amistad con unos monigotes, esto en la ciudad de Meoqui, Chihuahua.

—No había escuchado de eso.

—Ahí está en los periódicos de la época —continuó—. De regreso al doctor, éste me encontró unas dos o tres veces para platicar conmigo. Le dije lo que sabía de la vida de Pedro y nada más. No quise dar mi opinión, pensé que el doctor era el profesional en esto y que él decidiera. Cuando supe que paso el tiempo y él aún estaba internado fui a hablar con él; no era mi amigo; era una persona que yo no conocía. Eso me impactó y me prometí que no volvería a ir. Hasta hoy.

El viejo se limpió las lágrimas al tiempo que manipuló el volante con la otra mano. Se estacionó frente a la casa de Sergio. El muchacho no sabía qué decir.

—No te pido que me creas, ni tampoco a Pedro. No sé si debamos creerle al doctor. Lo que sí te puedo decir es que aún siento vergüenza por mi amigo, no por su historia o si es verdad o mentira, sino porque no tuve los tamaños necesarios para ayudarlo y protegerlo. Lamento que te haya metido en esto. Tengo ese presentimiento que a ti te está pasando algo, la sangre, tus inusuales distracciones. No era mi intención ni asustarte ni que involucráramos al doctor Lira, pero quizás nos sirvió a los dos esa visita.

—No se preocupe, no estoy molesto con usted. —Sergio sentía el calor extraño de alguien que se preocupara por él y solo tenía la intención de ayudar— Es mucha información que aún tengo que digerir y entender que es lo que me está pasando a mí. De algo puede estar seguro don Raúl, no uso drogas, no tengo una historia como la de su amigo; no hay razón para preocuparse.

—Eso espero —dijo en un susurro el viejo.

—Gracias por todo. Lo veo mañana.

Cerró la puerta de la camioneta y caminó hacia la puerta de su casa. Había una sensación de calor en su corazón. Un viejo recuerdo ya perdido por el tiempo. Esa sensación de apoyo paternal.

2

Sergio entró a su casa. Su esposa veía la televisión sentada en el sillón de la sala. Se saludaron con afecto. El marido se sentó a su lado.

—¿Cómo te fue mi amor? —empezó ella.

Luces en el cielo: El deseo de irse

—No sé, todo fue muy raro —contestó.

—¿Estas bien? Ya no alcancé a preguntarte a donde ibas. Me hablaste muy rápido y noté algo de desesperación en tu voz.

—Quiero platicarte todo, pero no quiero que te asustes o que me vayas a tachar de loco.

—Te escucho; te prometo que no voy a juzgar.

—¿Quieres un cigarro?

—No, gracias, pero te acompaño. —Esa actitud sí que era extraña en ella.

Ambos salieron al patio trasero. En el trayecto Sergio tomo una cerveza del refrigerador y le ofreció una a su esposa a la que ella de nuevo se negó. Comenzó a platicarle desde la conversación con don Raúl en el restaurant, lo de la sangre, lo del letargo momentáneo en la cocina, lo de Pedro y su experiencia tal como se la externó el viejo. Martha escucho con atención, sin decir una sola palabra. Continuó con la visita de ese día al hospital mental, la conversación con el señor Ramírez y con el doctor Lira. Le dijo todo. Después de cuatro cigarros y dos cervezas concluyó.

—¿Qué piensas?

—Una historia muy curiosa. ¿Crees que tiene algo que ver contigo? ¿Por qué el interés de saber lo que le pasó al señor ese?

—Pedro —completó Sergio —. La verdad no sé. Siento que hay algo que todavía no termino por comprender.

—¿Es la sangre en la nariz? ¿Por qué no vamos con un doctor de verdad y te revise eso? A lo mejor es tan sencillo como tomar vitaminas o alguna medicina y no necesariamente algo tan increíble como un sensor.

—Prometiste que no juzgarías.

—Perdón, tienes razón, es que me da miedo que creas esas cosas y dejes de ocuparte en lo que en verdad nos importa.

—¿Nos importa o te importa? ¿Creer qué en específico? ¿Tú crees que no tengo miedo también? —cuestionó agitándose—. No puedo entender, primero que nada, que mi esposa no me crea. Te he dicho ya sobre mis pesadillas y lo de la sangre en la nariz, pero cada que toco ese tema te molestas y me dejas igual, o me cambias de tema. Quisiera que por una vez en la vida me pusieras atención a mis problemas.

—¿Tus problemas o los nuestros? —replicó enfurecida Martha.

—¿Lo ves? Ya te encabronaste.

—Me encabrono porque desperdiciamos tiempo en hablar de tonterías.

—No son tonterías —gritó.

—Entiendo que estés desesperado por el dinero, o por las pinches goteras o por lo que gustes y mandes, pero ya basta con historias que no nos van a llevar a nada. Yo no sé quién es ese Pedro; no entiendo por qué en lugar de ir a buscar otro trabajo te vas al manicomio para hablar con un demente. —Las lágrimas corrían a borbotones y la voz se le quebraba a Martha.

—No creo que sea un demente —interrumpió—. Tampoco sé si creerlo todo. Tú piensas que estoy desvariando o que estoy buscando un escape de nuestra situación, pero te repito, necesito saber. En estos momentos no puedo pensar en una entrevista de trabajo o en como chingados arreglar una gotera sin nada de dinero. Me presionas por cosas que a ti te interesan pero no te das el tiempo de escuchar mis necesidades.

Esta vez Martha no replicó de inmediato. Se quedó callada, con las palabras amarradas a su garganta. Sergio resoplaba y le daba una bocanada a su quinto cigarro.

—¿Quieres? —le ofreció fumar.

—No.

—Curioso, ya ni en eso me quieres acompañar.

Martha permaneció en silencio, con los brazos cruzados, moviendo los ojos de un lado para otro.

—Los últimos días el sueño ha sido más vívido. Yo también tengo miedo, amor. En ningún momento he tenido la intención de asustarte. Tampoco ha pasado por mi cabeza no hacerme responsable por lo otro: el trabajo; mejorar la entrada de dinero; comprarnos un mejor carro; comprarnos otra casa; llevarte al cine; darte todo lo que te mereces; pero ahorita no puedo. Estoy desesperándome. Quisiera tener todo aquí para poder dártelo. Sé que te debo eso. Pero no sé. Tengo miedo de que me pase algo, tengo miedo de que me encierren como a Pedro —Sergio echó a llorar.

—Estas sobre pensando las cosas. Esto no se arregla con pensar tanto, se arregla actuando —dijo ella aún en sollozos.

—Eso estoy haciendo —replicó Sergio conteniendo la ira—. ¿Tú crees que no estoy haciendo nada? Aunque a ti no te lo parezca, el ir a hablar con Pedro y con el doctor me...

—¿Te confundió más? —interrumpió en un grito.

Esta vez fue Sergio quien se quedó en silencio. Estaba enojado y más por la última frase de su esposa. Sentía cómo su refugio emocional se desvanecía con la actitud negativa de su amada. Se sentía solo, sin defensa y hasta cierto punto atacado.

—Esta es tu casa, amor; yo soy tu esposa; don Raúl es tu jefe y siempre te hemos apoyado, siempre te hemos amado.

Mis padres también. Todos estamos preocupados porque las cosas no caminan, pero podemos salir de esto. Juntos.

—No creo que juntos. No en esto.

—Perdóname por no entenderlo. Pero estoy acostumbrada a luchar por los ideales y las necesidades, no por fantasías que nos lleven a la infelicidad.

—No es fantasía —susurró.

—¿Estás seguro?

Sergio negó con la cabeza.

—Lo que tienes que hacer ahora es descansar. Mañana hay que trabajar.

El esposo asintió en silencio pero no la siguió de inmediato adentro de la casa. Se quedó un rato volteando a ver el entorno, viendo hacia arriba, hacia las estrellas. Por primera vez en su vida, desearía no estar ahí.

3

El ruido de la puerta lo despertó. Asustado se incorporó de la cama. Lo único que ahora escuchaba eran los agitados latidos de su corazón. Tentó el piso y no estaba mojado; esa noche no había lluvia como en los otros sueños. De reojo vio a su esposa; ésta aún dormía. Caminó lento hacia la puerta: estaba cerrada. Por lo general duermen con la puerta abierta. Eso hace uno cuando las únicas dos personas que habitan la casa duermen en el mismo cuarto. No sentían la necesidad de cerrarla por las noches. «Quizás el aire cerró la puerta» pensó. La abrió y decidió avanzar «¿y si es un ladrón?» seguía pensando.

Caminó hasta la cocina, no quiso encender ninguna luz por no despertar a su esposa. Ya una vez ahí tomó un cuchillo. Aunque quisiera envalentonarse no podía, estaba lleno de miedo.

—¿Quién anda ahí? —susurró Sergio. Esto lo había visto en películas y siempre se había preguntado porque lo hacen, «¿qué tal si alguien les contesta?» Pero no era una película, era su casa y quizás no había nadie. Quizás el ruido de la puerta solo lo escucho en sueños.

—¿Hay alguien ahí? —insistió. ¿Qué esperaba como respuesta? Un «Yo, soy un fantasma nada más, o soy un extraterrestre que vengo a llevarte». Que estúpido.

—¿Quién eres? —y empiezan las adivinanzas. Esto es ridículo Sergio. Todo está en tu mente.

—Solo te pido —continuaba con su juego en susurros— que no te me aparezcas de repente. Traigo un cuchillo y lo voy a usar. ¿Quieres hablar?

—*Ahora no* —dijo una voz.

Luces en el cielo: El deseo de irse

Sergio no pudo evitar dar un grito ahogado. Una fuerza eléctrica recorrió desde el cuello y atreves de su brazo derecho que le enchino la piel y le aventó el cuchillo que apretaba con el puño.

—No… no… no mames ¿Quién eres? ¿Dónde estás? —apenas se le podía escuchar a un asustado Sergio.

—*No puedo* —contestó la voz.

—¿Qué? ¿No puedes qué? —La curiosidad era más intensa que el propio miedo.

—*Hoy no, vendremos después.*

—No entiendo.

—*Vendremos por ti.*

—¿Quién? ¿Quienes?

—*Ya es tu hora.*

—¿De qué hablas? ¿Quiénes? ¿Quién eres? —gritó a todo pulmón.

—*Ya es tu hora* —dijo por último la voz.

En medio de la oscuridad Sergio notó dos siluetas, una de lo que parecía un hombre pequeño, quizás un niño. A pesar de la distancia y de la oscuridad no le encontró otra forma más que la de un niño. Al lado de esta figura infantil había otra silueta, ligeramente más alta que la primera. Alcanzó a notar unos ojos, grandes y alargados, más oscuros que la misma noche. Éste último tenía cabello, distinguía un cabello, como unas rastras jamaiquinas, como los bucles del casco del depredador de las películas. Lo miraba fijamente. Al niño no le distinguía ojos, ni boca, solo la silueta de cuerpo entero. ¡Por Dios Sergio, te estas volviendo loco! ¿Qué es eso que esta frente a ti?

—¿Quién eres? —gritó pasando del miedo a la ira.

—¿Qué chingados quieres?

La luz se encendió. Sergio pegó un brinco. Sus ojos no distinguían nada de estar en casi completa oscuridad a la brillante luz del foco de la sala. Volteó a todos lados pero no podía distinguir nada.

—¿Qué pasa mi amor? —escuchó la voz de su mujer.

—¡Ahí están! —Dijo el hombre—. ¿Los ves?

—¿Quiénes? ¿De qué hablas? ¿Qué pasó? —Ametralló la mujer—. ¿Qué haces en la cocina?

—Son ellos, vinieron por mí —dijo aun temblando.

—Aquí no hay nadie más que tú y yo amor.

Sergio luchaba con poder acostumbrarse a la luz. Cuando lo logró volteó de inmediato a donde él creía que había venido la voz que le habló. No vio a ningún niño, no vio la silueta del bajito, pero si la del ser más alto. Sus ojos se abrieron. Su expresión de terror intranquilizó a Martha. Éste agarró del suelo el cuchillo y lo apunto hacia el ser de rastras.

—¡Ahí está! —gritó Sergio enloquecido—. Es él.

Martha lo observaba cada vez más asustada. No se atrevió a acercarse ya que su marido traía un cuchillo en la mano y estaba fuera de sí en lo que a ella le concernía.

—¿Quién está ahí? —preguntaba llorando.

—Eso, ahí está —señalando hacia la parte posterior de la cocina, a un lado de la puerta que da al patio.

—No veo a nadie amor, me estas asustando —intentó acercarse de a poco.

—No te muevas —ordenó—. No sabemos si es peligroso. —Agitó el brazo en el que empuñaba el cuchillo.

—No hay nadie ahí, cariño. Suelta el cuchillo, te lo suplico. —Martha ya estaba bañada en lágrimas.

—Ahí está, como es posible que no lo veas.

—Sergio por favor, me estas asustando, ya para esto por favor.

—¿No lo ves? Es el de pelo largo y los ojos grandes.

Ella volteó a donde le indicó su marido y lo entendió— Mi vida, tranquilo. —Se acercó lentamente a él— Primero suelta ese cuchillo, por favor —continuó hablando la mujer sin parar de sollozar—. Todo va a estar bien, te lo prometo, solo deja ese cuchillo en el piso, te lo suplico.

—No entiendo —decía el hombre con los ojos desorbitados—. ¿En verdad no lo ves? ¿Quieres que suelte el cuchillo con el que te estoy defendiendo?

—No hay nada ahí —dijo ella soltando el llanto de nuevo—. No hay nadie, es solo un trapeador, mi amor.

Sergio volteó a ver al ser contrariado. En efecto, justo al lado de la puerta de la cocina estaba un trapeador con los pabilos en la parte de arriba. Debajo de ellas la figura de plástico que las sostenían dibuja un par de ojos grandes. Sergio extrañado no dejaba de ver el artefacto de limpieza. Se sintió estúpido, avergonzado; incluso una ligera risa de alivio intentó asomarse por su boca; sin embargo, la otra silueta era real, había hablado con él. Ese si era real ¿o no? Al fin soltó el cuchillo. Se hincó y soltó a llorar. Su esposa se acercó y lo abrazo.

—Necesitas ayuda mi amor —dijo la mujer—. Mejor dicho ¿necesitamos ayuda?

—Yo lo vi, te lo juro. Él me habló, estoy seguro lo que oí.

—Pero ya viste que es solo un tra...

Luces en el cielo: El deseo de irse

—Había otro —interrumpió—. Era como un niño, ese no tenía esos pelos. —Señalo apenado al trapeador— Éste si era real, hable con él.

—Te escuché a ti, eso fue lo que me despertó, pero no oí a nadie más.

—Es verdad, aquí estuvo.

—Yo no lo oí, cora… —Martha detuvo su frase de repente. Abrió los ojos extrañada sin quitarle la mirada al rostro de su esposo— Te está saliendo sangre de la nariz.

—Ves, solo cuando pasan estas cosas. —Un ligero indicio de emoción se dibujó en la cara de Sergio al tiempo que se tocaba el líquido de su nariz.

Esta vez Martha no supo decir otra cosa.

—Me vas a cambiar el tema otra vez —aseveró el esposo—. ¿Por qué no pensar que esto es real? Solo pensémoslo por un momento. No te pido que creas, porque ni yo mismo sé qué creer. Algo sí te puedo decir, hoy me despertó el ruido de la puerta de nuestro cuarto, hoy hablé con una persona o con alguien que no pude ver. No estoy loco amor, en serio. Yo hablé con él.

—Y ¿Qué te dijo?

—Que venían por mí; pero hoy no; otro día me van a llevar con ellos.

Martha abría cada vez más los ojos.

—No me crees, lo sé. Quisiera decirte que todo es una broma. Hace unos días yo mismo creía que estas son tonterías, pero realmente está pasando.

—Y ¿A dónde te quieren llevar? —Aún incrédula.

—No lo sé.

—¿Quieres ir?

—No lo sé.

—¿Que hay conmigo? ¿Me piensas dejar aquí?

Sergio guardó silencio.

—Entonces ¿si crees que lo vi?

—Buenas noches —dijo ella indignada—. Necesitas ayuda —dijo por último y se retiró a su cuarto.

Sergio se quedó parado en medio de la cocina por espacio de diez minutos. Después decidió salir al patio a fumar un cigarro. Había consumido la mitad cuando vio una sombra en el techo de su casa. «Otra vez no por favor», pensó. Soltó el cigarro, tomó la escalera y la colocó. Comenzó a subir; a medio camino se detuvo y pensó si era prudente regresar por el cuchillo, pero la experiencia anterior no había sido buena. Decidió continuar sin el arma. Llegó al borde y trepó. La luna y las estrellas iluminaron el techo, pero no

Luces en el cielo: El deseo de irse

había nadie. Se sentó un momento y luego se recostó. Miró hacia el cielo; en silencio pensó si lo que había experimentado hacia unos minutos fue real o no; si todo era producto de la presión que sentía; o si en realidad aquella personita le había hablado. Tonterías, eran puras tonterías.

No descartó la posibilidad de la sugestión. Se había enterado de cosas que ni de curiosidad le pasaron por la cabeza antes. Se fascinó por la historia de don Rubén y su amigo Pedro. De lo que el doctor les contó. De que hay muchos casos de seres extraterrestres que vienen a la Tierra a robarse personas. «¿Por qué el niño le dijo que vendrían por él? ¿Por qué le dijo que ya era su hora? ¿Sería sugestión también lo que vio?» Le quedó claro lo del trapeador, pero «¿cómo explicar al niño?» Sentía que la cabeza le explotaría.

—*No pienses demasiado* —dijo la voz de pronto.

Sergio se levantó de un brinco.

—¿Quién dijo eso?

—*Yo* —frente a él estaba un jovencito delgado, de pelo claro y no tan alto, quizás de un metro y sesenta.

—¿Quién eres?

—No importa ahorita quien soy —dijo el niño.

—¿Eres real? —cuestionó nervioso.

—Tan real como tú.

—¿Qué quieres?

—¿Es cierto lo que dijiste abajo hace un momento? A tu esposa.

—¿Qué? No sé de qué hablas.

—Que mi presencia es una tontería.

—No quise decir eso, es que no sé quién eres o que eres.

—Soy de carne y hueso, como tú.

—Pero ¿Cómo entraste a mi casa? ¿Eres ladrón?

El chico se echó a reír.

—No. O pensándolo bien, tal vez sí.

—No estoy entendiendo nada —dijo desesperado Sergio—. Será mejor que te vayas o le hablo a la policía.

—No lo harás —dijo seguro el niño—. Porque para este preciso momento estas más ansioso por saber que por olvidar. El que hayas hablado con ese doctorcito te dejo con muchas dudas y no creo que ahorita quieras dejarlo por la paz y permitir que me vaya así porque sí. —El chico se movía de un lado a otro, como jugueteando.

—Contéstame entonces. ¿Quién eres?

—Ya te dije, eso no es importante ahorita. Mejor te digo de dónde vengo. Soy humano, soy de esta Tierra. Pero desde

Luces en el cielo: El deseo de irse

hace años unas personas me han cuidado, me han alimentado y me han dado una vida que yo jamás había tenido. Estas personas de las que te hablo no son de este mundo. Vienen de vez en cuando a aprender de nosotros. Lo han hecho por siglos.

—¿De qué planeta vienen?

—No lo sé —dijo mientras levantaba una piedra del techo—. No me lo han dicho.

—¿No te llevaron a su hogar?

—El hogar está en el cielo, más allá de la luna, de los asteroides y de todos los planetas que conoces. Sin embargo a parte de éste, yo no he pisado otro planeta. Me mantengo con ellos en su ciudadela.

—¿Ciudadela?

—Sí. Es una ciudad flotante en medio del espacio; grande. Hay cuartos para dormir; hay muchas salas de juegos, hay comida al por mayor.

—¿Te han hecho daño?

—Ja, ja, no, ves muchas películas. ¿Es eso lo que quieres saber? Porque no mejor me preguntas algo interesante.

—En mis sueños, voy amarrado a una especie de camilla y veo pasar luces por encima de mí, muchas de ellas. Luego me dejan en un cuarto donde hay otras personas, pero no humanas, al menos eso me parece. Una de ellas se me presenta de pronto enfrente de mí y me despierto.

—¡Ah!, ya te entendí. No es un sueño. Es un recuerdo.

Sergio se le quedo viendo al niño incrédulo. Sin embargo empezaba a entender que estaba hablando con una persona de tal vez doce o trece años de edad y de alguna manera tenía que rebajarse a su nivel para entenderse mejor.

—¿Tú también tienes esos sueños? O recuerdos más bien.

—Solo las primeras dos veces. Es muy sencillo. La primera vez que te llevan no te conocen. Han visto otros humanos y como te dije nos han estudiado por muchos, pero muchos años. Pero uno es nuevo. Han entendido que los tiempos son distintos, las costumbres y los países. Entonces, primero quieren saber quién eres. Te ponen en esa camilla, obtienen sangre, no sé si a ti te dolió, pero a mí no. Y con eso sacan toda la información que necesitan. Luego te implantan el rastreador en la nariz y te vuelven a dormir para llevarte al mismo lugar donde te agarraron.

—Por eso el sangrado cuando me despierto —susurró Sergio para sí mismo.

—¿Qué más? Pronto me tengo que ir.

—¿Qué quisiste decir con eso de que ya mero es mi hora?

—Eso no lo puedo explicar yo, mejor que uno de ellos te lo diga. —Hizo una ligera pausa al tiempo que vio que Sergio se le acercó— Lo que te puedo decir yo es que es mucho mejor.

—¿Mucho mejor?

—Sí, es mejor que la vida de mierda que vives aquí.

—¿De qué hablas? ¿Tú ni me conoces?

—Claro que te conozco. Te conozco más de lo que te puedas imaginar.

—Entonces dime, ¿por qué debo ir contigo? Según tú.

—Es divertido, no tendrías preocupaciones, y tendrías una familia.

—Aquí tengo familia.

—¿Estás seguro?

—Sí.

—Creo que mejor dejo que lo pienses bien. Me tengo que ir.

—Espera —el chico había desaparecido ante sus ojos.

Ni una luz, ni un rayo ni una nave espacial. Sencillamente el niño se desvaneció.

—¿Quién eres? —gritó Sergio.

—*Pregúntale a Beto* —dijo en un susurro la voz del niño.

Volteó para todos lados. El chico se había ido. Pero ¿Cómo? Todo esto era una locura. En su mente se entremezclaron las ideas de lo que acababa de suceder con los eventos de la tarde, la discusión con su esposa. Martha, por Dios que le iba decir a Martha. La asustaría más. Sencillamente no le creería. Pero, ¿qué tal si esta vez si la convencía? ¿Y qué le diría? «Mi vida, volví a ver al niño de los extraterrestres y me dijo que me fuera con él, que allá voy a ser feliz». Se quedó un momento en silencio.

Feliz, varias veces en su vida se había hecho la pregunta y en algunas ocasiones Martha se la había hecho también «¿Eres feliz?». Su respuesta comprometida era un «sí», pero no lo sentía de verdad. En más de una ocasión había mentido. No se sentía pleno, no había logrado sus metas, se veía lejos de cumplir sus sueños. No tenía recuerdos de sus padres y las únicas figuras paternas habían sido su suegro y su jefe, pero poco convivía con ellos. Martha, por otro lado, era su todo, su amiga, su confidente, su amante, su esposa, pero últimamente se estaría convirtiendo en su enemiga. No le creía, y eso era suficiente.

Al chico se le veía feliz. Parecía divertido. Convencido de que está en el lugar perfecto. «¿Qué habrá para él? ¿Existirá en esa ciudadela lo que él ha estado buscando? Necesito pensar, pero por ahora descansar». Sergio caminó hacia la escalera, se acomodó de espaldas y empezó a bajar los primeros escalones. «¿Y si todo esto no es real? ¿Y si me estoy volviendo loco?». Dio un último vistazo y de pronto lo vio. De nuevo subió los escalones y saltó al techo. Se acercó a la mancha y se puso en cuclillas. Era una huella triangular, una hendidura en la carpeta, la tocó, sintió su profundidad. Pensó en que solo algo pesado pudo ocasionar eso. Se levantó y camino despacio siempre con los ojos dirigidos al piso y ahí estaba otra huella, idéntica. Recorrió todo el techo de su casa, solo iluminado con la luz de la luna y de las estrellas. Encontró cuatro huellas en puntos equidistantes; «las goteras», pensó de pronto: «las pinches goteras».

4

La mañana siguiente se despertó con un ligero dolor de cabeza. Martha no estaba en la cama. Se levantó y se dio un baño. Después se preparó un café y lo acompañó con un cigarro recargándose en el marco de la puerta. No se preguntó si lo que vivió la noche anterior fue un sueño o fue real, solo se preguntó dónde estaría su esposa.

Al salir de la casa notó que Martha se había llevado el carro. Regresó, tomó el teléfono y marco al restaurant; le explicó a don Raúl que llegaría unos minutos tarde, ya que tendría que caminar hasta allá. El camino fue lento. Sergio intentó desmenuzar lo sucedido. Cada vez se convencía que no había sido un sueño, que realmente había pasado. El chico se le había presentado como un Peter Pan, gustoso de ser un niño, de vivir en un lugar de fantasía lleno de cosas plenas y divertidas. Se veía un niño feliz. Sin embargo no lo invitó en realidad a que se fuera con él, sino que le advirtió que pronto llegaría su hora. Que él debía estar en ese lugar mágico, en el País de Nunca Jamás. Algo irreal, pensaba Sergio para sus adentros. Es ridículo que exista un lugar así. Pero de nuevo venía esa calma con la que el chico le exponía sus posibilidades. La oportunidad de ser Feliz como él. «Carajo, que buen vendedor es» ¿Se sentía feliz? Se dijo que sí. «¿Por qué el mal humor de vez en cuando? Pues eso, es solo de vez en cuando. Se tiene derecho a estar de mal humor a veces. Pero esa no había sido la pregunta en un inicio, era si se sentía feliz o no». Dentro de su manera de pensar, soñadora generalmente, no era feliz, ya que no había podido cumplir muchas de sus metas. Viéndolo desde otro punto de vista, tenía una vida agradable, con esposa, trabajo, hijos todavía no pero, ¿cómo traer al mundo a una criatura si no se le puede dar todo lo que necesite? A duras penas alcanza para los dos adultos. Quería un auto nuevo, o por lo menos uno más para no depender solamente de la chatarra que tenían. Estaban en busca de un lugar más bonito y nuevo para vivir, pero los ingresos no les alcanzaban para una hipoteca, mucho menos para comprarla de contado. ¿Cómo carajos podrían pagar un parto, cuna, ropa, medicina, y todo lo que necesita un bebé? Quería una mejor paga en su trabajo, es más, quería tener su propio negocio, pero no le alcanza para invertir tanto. Tenía también estudios universitarios, sacados quizá de una Universidad de poco prestigio, pero eso no importó, él era ingeniero. Fue su idea la ingeniería, mas no fue su sueño la educación superior. Ahora bien, habían sido pocas las entrevistas de trabajo, y en ellas se notó una resistencia a adoptar ese modo de vida para su futuro, a pesar de las bondades de tener un sueldo fijo y un seguro médico y demás. ¿Entonces?

Un hombre vive en una eterna búsqueda de la felicidad, y en ese trayecto se encuentra con encrucijadas que le hacen tomar decisiones, cambiar de opinión, ser un líder o ser un borrego. A Sergio no le incomodaba ninguna de esas posibilidades. Quería vivir y dejar vivir. Aun así entendía que para poder vivir y dejar vivir se tendría que adaptar a una sociedad. Por eso fue a la escuela, por eso hizo amigos, pocos quizás. Es el sentido de sociedad y los instintos naturales que lo llevaron a enamorarse, a convivir con una persona tan diferente a él. Se casó, y dentro de su decisión sabía que ella no venía sola, sino que traía una sociedad con sus padres, los cuales dentro del respeto que han mostrado no deja de ser extraño para una persona que gran parte de su vida la llevó solo; o al menos no tenía recuerdos frescos de una relación con una mamá o con un papá, un tío, abuelos o primos.

Era natural en él vivir con esos miedos. El no saber que seguiría. Ni siquiera lo más estable como una familia, un trabajo o incluso una relación de amistad tenían el sentido que el resto de la sociedad; por eso se sentía el raro; por eso se sentía el incomprendido; por eso se sentía solo. De pronto viene un chamaco, real o falso, que le pinta un lugar donde sus preocupaciones se desvanecen y sentirá la felicidad eterna. Eso era tentador.

Cuando llegó al restaurant dejó sus pensamientos afuera. Se metió al lugar, se puso el delantal y comenzó a cocinar.

—¿Qué hay muchacho? ¿Estás bien?

—Si don Raúl, todo bien.

—Me preocupe un poco pero cuando me llamaste me tranquilice. No fue una buena tarde, ¿cierto?

—Ni noche, a decir verdad —contestó sin voltearlo a ver—. Pero que se le puede hacer. La vida sigue ¿no?

—Lo importante es que siga —dijo el viejo mostrando una sonrisa.

—A trabajar don Raúl, que el mundo se va a acabar. —Echó una carcajada Sergio.

El viejo no sonrió. Tampoco se atrevió a decirle que Martha, su esposa, había ido a hablar con él esa mañana.

Transcurrió el día sin mucho trabajo, algo extraño para ser jueves. Usualmente los empleados de las maquilas que están en los alrededores acuden en jueves y viernes a comer.

Ese día no fueron tantos. Sergio estaba limpiando la plancha. Vio que un Mercedes gris se estacionó. De él se bajó el doctor Lira. Lo reconoció al instante.

—Buenos días —saludó el doctor.

—Buenos días doctor, ¿Qué lo trae por aquí? —intentó ser lo más natural don Raúl.

—Vengo a hablar con su cocinero.

El muchacho dejó la espátula a un lado y salió de la cocina.

—Buen día doc, ¿en qué le puedo ayudar?

—Ayer me quedé con unas dudas sobre tu visita.

—No creo que en eso le pueda ayudar yo —dijo quitado de la pena—. Pero adelante. Sentémonos aquí.

—Gracias.

—¿Quiere que le prepare algo? —ofreció el cocinero.

—No, gracias, estoy bien.

—¿Algo de tomar? ¿Café? ¿Refresco?

—Un café está bien.

—Yo se lo preparo —dijo don Raúl—. Ustedes platiquen.

—Viene con los dos, ¿no es así?

—Quiero hablar contigo. El señor puede quedarse si gusta, pero es contigo con quien quiero hablar.

Sergio le echó una mirada extraña al viejo.

—Verás. Ya pasaron más de treinta años de tratar a Pedro. Me llamó la atención que después de tanto tiempo se hayan acercado ustedes a indagar sobre él. Te notaste interesado en el estado de salud mental de mi paciente y en la veracidad de su historia. Por más fantástico que esto suene, y siendo yo un doctor que me considero escéptico del tema, no te voy a negar que me apasiona y en su momento traté de empaparme con la más información que tuve a la mano. La medicina es parte de la ciencia, como psiquiatra mis conocimientos se basan en lo que es comprobable. Sin embargo he presenciado eventos con don Pedro que me han hecho dudar si estos temas sobrepasan la ciencia. Te platiqué de los libros de ficción que hablan sobre las abducciones y de cómo en varios de ellos repiten la hipótesis de que los extraterrestres le ponen un sensor a los humanos, unas veces en el hombro o en el antebrazo, otras veces en una de las fosas nasales...

«¿Por qué me estará repitiendo la información» Empezó a sentirse incómodo. Sus pensamientos lo distrajeron y se perdió parte de la conversación del doctor. Este último sin inmutarse continuó hablando.

»…Pedro también tuvo alucinaciones. Veía personas que no estaban ahí. En un principio puse mis esfuerzos en hacerle pruebas que se le aplican a los esquizofrénicos, pero ninguna salió positiva. Esto me confundió aún más, pero proseguí con el estudio…

«¿También?», pensó Sergio.

»…entonces no tendría nada de qué preocuparse señor Ríos, le aseguro que solo serían unas pruebas sencillas.

—Perdón ¿Qué? No le entendí lo último.

—Necesito que me acompañe al consultorio para hacerle unos exámenes de rutina.

—Perdón, pero no le entiendo. ¿Por qué dijo eso de ver personas que no existen? ¿Quién le dijo eso?

—Lo mejor es que todos estemos tranquilos señor…

—Estoy tranquilo —gritó de repente.

—Señor Ríos. —El doctor se levantó de la silla— Es mejor que tomemos esto con tranquilidad.

—¿Quién le dijo que vi a alguien? —También se levantó y gritó con desesperación.

Una persona que nunca había visto entró por la puerta principal del restaurant. Don Raúl observó todo esto sin moverse, dejó pasar al tipo sin cuestionar.

—¿Usted le dijo don Raúl?

—No, te lo juro que no. —En su voz se notó un resquicio de vergüenza, como la que había tenido la tarde anterior.

—Fue su esposa señor Ríos. Ella fue quien me habló esta mañana y me contó lo sucedido ayer.

Sergio se quedó mudo. La sensación de que su esposa lo haya delatado de esa manera le generó un coraje que le penetró en lo más hondo de su corazón, se sintió traicionado.

—Vino hoy en la mañana y me pidió el teléfono del doctor —dijo de repente el viejo—. Estamos preocupados por ti Sergio. —No aguantó y comenzó a llorar.

—Señor Ríos, es preciso que me acompañe con la mejor calma que pueda, no es necesario que compliquemos la situación —dijo el doctor al tiempo que le indicó al tipo desconocido que se acercara al potencial paciente.

La puerta se abrió. Otra persona entró y saludó cordialmente.

—Buenas, ¿si hay servicio?

—¿Usted también viene por mí? —le gritó Sergio al cliente.

Este último solo abrió los ojos en señal de extrañeza, y al mismo tiempo indignado porque un empleado, así lo intuyo por traer puesto el delantal, le había gritado en vez de regresar el saludo.

—Él no viene conmigo —dijo el doctor.

—Voy a creerles de seguro —increpó Sergio—. ¿Me cree usted pendejo?

Aventó la silla y se abalanzó contra el cliente. Le tiró un puñetazo que lo alcanzo en la mejilla izquierda. El doctor se hizo para atrás. El primer hombre desconocido corrió a la escena del pleito y separó a Sergio jalándolo de la cintura. Éste seguía abanicando los brazos esperanzado que alguno de ellos diera en quien sea, al fin de cuentas todos están conspirando contra él.

—Suéltame pendejo, suéltame —gritó.

—¿Qué chingados trae este idiota? —Apresuró el cliente que sin deberla había sido golpeado por el cocinero del restaurant—. Váyanse a la chingada todos, ¿qué chingados se creen? —Se sacudió aún confundido y salió del lugar.

—Necesita calmarse señor Ríos, por favor. —Levantó la voz el doctor sin llegar al mismo nivel que Sergio.

—Váyase a la chingada de aquí y llévese a su gorila —continuó enajenado—. Me quieren hacer lo mismo que a

Pedro don Raúl, van a decir que estoy loco, ¿es verdad entonces lo que le pasó? ¿Es verdad?

—No lo sé Sergio, no lo sé. Perdóname por favor, estoy asustado —repetía el viejo.

El hombre desconocido sostenía con fuerza a Sergio, lo había deshabilitado como policía a un ladrón. El doctor sacó de un maletín una jeringa, no fue necesario mezclar nada, ya estaba previsto una reacción así. Se acercó con cautela y le aplicó la inyección en una nalga, por encima del pantalón. El muchacho siguió forcejeando con el extraño.

—Me van a hacer lo mismo don Raúl, por favor, ¿porque les habló?

—Solo lo queremos tranquilizar —dijo el doctor —es solo un tranquilizante, en unos minutos usted estará bien, no se preocupe.

—Usted cállese imbécil —le gritó—. Usted me quiere encerrar en su manicomio como lo hizo con Pedro. Usted no le creyó y por eso lo tachó de loco. Yo no estoy loco, ¿me oye? yo no estoy loco.

Lo cargaron entre el tipo y el doctor y lo sacaron del establecimiento. Don Raúl no podía consigo mismo, se mantuvo inmóvil en todo momento y no paraba de llorar. Al sacarlo del lugar ya se había juntado unas cuatro personas en la banqueta; vieron que algo pasaba dentro y se detuvieron a chismorrear; ninguno de ellos fue sensato como para hablarle a la policía. El doctor y el tipo subieron a Sergio al Mercedes gris en el asiento trasero. El tipo desconocido se subió detrás junto a él y el doctor en el asiento del conductor. Puso en marcha el vehículo y avanzó hasta perderse por la calle.

A una cuadra estaba estacionado el Sentra, con Martha al volante envuelta en un mar de llanto. Se limpió las lágrimas que pudo sin dejar de llorar y avanzó a una distancia prudente del Mercedes.

H. E. Saldivar

La huida

1

Durante los recreos en temporada de escuela, los niños se pasaban la mayor parte del tiempo en el patio trasero del orfanato. Ahí podían jugar por espacio de una hora. Los columpios eran pocos y muy peleados; un sube y baja que le faltaba uno de los asientos servía como obstáculo para las carreras; el resto era jugar con las canicas, al trompo, a las escondidas a brincar la cuerda. Era poco común que los niños se juntaran en grupo para platicarse sus vidas o sus sentimientos. Eran niños, y a esas edades lo que se quiere es jugar.

Esa particular tarde, un grupito de cuatro niños felicitaba a Oscar porque en unos minutos vendrían sus nuevos papás adoptivos. Se puede decir que incluso lo consideraban un héroe, porque hacía mucho que se había dado la última

Luces en el cielo: El deseo de irse

adopción. Todos los niños soñaban con algún día ser llamados por la directora Isabel para ser presentados con quienes serían sus futuros padres. Después de eso, unos trámites por ahí, otros por allá, claro estaba, todos efectuados por los padres adoptivos, mientras el niño se llenaba de ilusiones del cómo sería de aquí en adelante su vida llena de felicidad. Todos soñaban con eso, menos uno: Oscar era la excepción. Él no quería ser adoptado y lo demostró desde el primer momento que se presentó la ocasión.

El grupo de cuatro niños que estaban a su alrededor no lo sabían, de manera que fueron con él para felicitarlo y para desearle la mejor de las suertes. Oscar, en cambio, se sentía irritado, desesperado y decepcionado. Sus padres adoptivos estaban ya finiquitando los documentos y era cuestión de minutos que sería llamado por la directora para ser entregado de por vida a sus nuevos tutores.

—Oscar Sáenz. Favor de pasar a la dirección —se escuchó por el altavoz.

La algarabía se escuchó en todo el patio. Entre aplausos y vítores, y una cara de vergüenza, Oscar emprendió el viaje a su destino. Sería la última vez que caminaría por el patio. Volteó la mirada hacia el rincón más lejano del patio trasero. Ahí estaba sentado su amigo, su camarada de travesuras, con las manos en las rodillas. Levantó lentamente su cara, con lágrimas rodando por sus mejillas le dijo adiós con la mirada. El pequeño ratón le contestó con el mismo gesto, sin decirse nada, a la distancia, dos miradas encontradas diciéndose lo que se estimaban, lo que se querían. Hermanos por varios años, separados por el sueño de dos adultos, quebrantando el sueño de dos niños. Sería la última vez que Oscar recorrería los pasillos; sería la última vez que entraría en la oficina de la directora; sería la última vez que vería a sus amigos: a todos, menos a uno. El destino le tenía guardado unos encuentros más con su compinche. Algunos de ellos, cambiarían por completo su vida y la del pequeño que confiaba en él.

2

Silencio total. Oscuridad total. Movimiento continuo, en dirección a sus pies. Está acostado, pero no es una cama, es algo que se mueve, una camilla de hospital quizás. Abre los ojos sin distinguir nada. Sigue oscuro. ¿Movimiento en sus extremidades?, sí tiene, sin embargo lo hace lento. Intenta flexionar una rodilla, pero hay algo que lo limita, parece que sus pies están amarrados a la camilla. Pronto se da cuenta que no son solo sus pies los que se encuentran atados, sino también sus muñecas y el cuello. Empieza a sentir desesperación, pero por una razón no puede hacer movimientos bruscos para intentar zafarse. Está como drogado. Una luz borrosa se asoma a toda velocidad en dirección de pies a cabeza; de pronto otra, y luego otra y así continua por unos segundos. De a poco empieza a escuchar; voces que no comprende debido a la constante fricción. Aire, brisa, rocío, chillidos. De nuevo esas luces tenues pero a gran velocidad. Y una horrible y deforme cabeza que se pone frente a sus ojos…

—Tranquilo Sergio, vas a estar bien.

—¿Qué p…p…p?

—No puedes hablar, estás sedado. Vas a estar bien, confía en mí. Soy el doctor Lira. Te llevamos al hospital, pero no te preocupes, vas a estar bien.

Sergio intentó zafarse pero cada movimiento que hacía era como en cámara lenta, despacio y sin fuerza. Miraba de izquierda a derecha y no veía cara conocida, excepto la del doctor. Por el pasillo que lo llevaron pasaron otras personas, ninguna de ellas se detenía a verlo; sentía a alguien detrás de él, era una mujer que estaba empujando la camilla; a su lado derecho el doctor Lira y a su izquierda una enfermera recibiendo indicaciones del doctor.

—Tu esposa está aquí —continuó el doctor—. La vas a poder ver en unos minutos. Esperaremos a que te pase el efecto del tranquilizante para tomar tus signos e iniciar con la terapia.

El muchacho abrió los ojos por espacio de dos segundos y luego los cerró por espacio de otros dos segundos. Los abrió de nuevo. Una lágrima recorrió la sien y se introdujo en su oreja. Su cabeza se movía de lado a lado. Era de esperarse que no estuviera de acuerdo con lo que le estaban haciendo. Lo introdujeron a un cuarto con más luz; ahí los esperaba un enfermero alto y fornido; al instante lo reconoció: era el tipo que lo inhabilitó en el restaurant. Éste no dijo nada; se limitó a acomodarlo y empezó a canalizarlo. El paciente cerró de nuevo los ojos. Los volvió a abrir dos horas después.

—Va a estar bien señora Ríos. Su esposo va a estar bien —comentó el doctor entrando a su consultorio. Ahí lo esperaba Martha.

—Estuvo difícil, ¿cierto? —preguntó ella.

—No le voy a decir que estuvo fácil, pero estuvimos preparados.

—¿Qué pasa con mi marido doctor?

—Aún no lo sabemos, necesitamos esperar a que despierte, se le haya pasado el efecto de los tranquilizantes y así podremos comenzar con las pruebas.

—Quiero advertir que yo no creo que esté loco doctor, mi marido. Le hablé porque queremos respuestas.

—Y las tendremos todos, señoras, despreocúpese. Aquí su marido estará en buenas manos.

—No lo dudo, pero con todo respeto, lo busqué a usted sólo porque era la única referencia de las pláticas con mi marido y con don Raúl. Pero sí quiero que entienda que no lo traje porque crea que Sergio está mal de la cabeza.

—Lo sé señora, tampoco lo creo yo; los estudios que le vamos a hacer nos van a dar más información para saber cómo tratarlo.

—No doctor, no me entendió —replicó ella—. Él no se puede quedar aquí. Nunca fue mi intención traerlo, sólo queríamos una consulta sencilla, que nos pudiera decir por qué mi esposo está tan asustado de algo que a simple vista es normal.

—A simple vista. Usted lo ha dicho —repitió el doctor—. Todos estamos preocupados, pero dejemos esa preocupación y pongámonos a trabajar. ¿Le parece si me ayuda con unos datos? ¿Cuál es el nombre completo del señor?

—Sergio Ríos.

—¿Solo un nombre y un apellido?

—Si doctor, así esta su acta de nacimiento.

—¿Sabe usted por qué?

—Sergio no platica mucho de eso. Cuando éramos novios le hice esa pregunta y me contestó que no conoció a sus padres biológicos. Dijo que estuvo internado en un orfanato y luego una familia, la familia Ríos lo había adoptado, pero ya en su juventud. Según lo que me contó solo recuerda el apellido Ríos.

—Ok. —El doctor apunto todo en una libreta— ¿Dónde nació? ¿Lo sabe?

—Según su acta de nacimiento aquí en Ciudad Juárez.

—En una oportunidad que tenga ¿me podría proporcionar esa acta? Me interesa verla.

—Claro, aunque no entiendo que relevancia pueda tener.

—Solo es curiosidad —dijo sin quitarle la vista a sus apuntes—. ¿Cuándo se conocieron?

—En la preparatoria; tendríamos a lo mejor unos dieciséis años.

— ¿Conoció usted a los señores Ríos?

Martha titubeó por unos segundos; temía que la información que diera al doctor la pudiera usar para fines distintos a los que ellos querían; a fin de cuentas ésta era la primera vez que interactuaba con él; seguía siendo un desconocido para ella, y para su marido también.

—No, no los conozco.

—¿Nunca se los presentó? ¿No fueron a su boda?

—No —dijo apenada—. Sergio me contó que se habían mudado a Guadalajara y siempre le creí.

—Ustedes se casaron ¿cierto?

—Sí, cuando yo terminé la prepa no seguí estudiando, era algo testaruda. Me junté con Sergio a los veintiún años y nos casamos por el civil cuando yo tenía veintitrés y él veinticinco.

—¿Qué edad tienen ahorita?

—Teeinta y tres y él treinta y cinco.

—¿Hijos?

—Aún no —la cara de Martha mostró un casi imperceptible sonrojo.

—Con el mayor de los respetos señora Ríos, ¿hay alguna razón por la que aún no tengan hijos? Quiero decir, ¿es por decisión o por algo médico?

—Por decisión —dijo bajando la voz.

—¿Hay algo que me quiera decir al respecto?

—No, solo no hemos concordado en la idea de los hijos. Ambos queremos pero Sergio dice que debemos estar en mejor posición económica para traer a un niño al mundo.

—Entiendo, eso es lo que todos quisiéramos —dijo el doctor esbozando una sonrisa a manera de dar confianza—. Yo por ejemplo, no siempre fui doctor, hubo malos años, aun así tengo dos hijos y ya tres preciosos nietos.

Martha sonrió tímidamente.

—Sigamos —continuó el doctor—. ¿Sabe si el señor tiene algún tipo de alergia?

—No que sepamos, ¿Por qué?

—Descartar nada más. Hay pacientes que por algún cuadro alérgico se rascan mucho la nariz y se provocan sangrado; hay otros que son alérgicos a algún medicamento y esto les provoca que los vasos sanguíneos cercanos a la nariz se revienten con facilidad, claro, si estos son congénitamente débiles, ocasionando hemorragias nasales prolongadas. Los sangrados que ha presentado Sergio, ¿Cuánto le duran?

—Los que yo he visto son rápidos. De hecho algunas ocasiones yo los veo cuando ya la sangre está seca.

—Muy bien. Mire señora, hagamos una cosa; no la quiero abrumar con más preguntas el día de hoy; ¿qué le parece si se va a descansar? Nosotros esperaremos a que despierte y le vamos a hacer algunas preguntas y estudios básicos: sangre, orina, signos vitales, etc. El día de mañana podremos tener más datos y si gusta nos podemos ver de nuevo por la tarde para continuar con la consulta.

—¿Mi marido se va a quedar aquí?

—Solo esta noche. No es muy prudente que lo saquemos así y se encargue usted sola de él.

—Entonces me quedo aquí.

—No es posible —dijo el doctor—. Al no ser un hospital ordinario, no tenemos el protocolo de visitas nocturnas. Será mejor que lo deje en nuestras manos y ya platicaremos mañana. Váyase tranquila.

Martha no estaría tranquila. Sentía el arrepentimiento de haberle hablado al doctor; sabía que Sergio se alteraría de saber que pasará la noche ahí cuando despierte y temía por lo peor; aun así, que otra cosa podría hacer.

—Está bien doctor. ¿A qué hora puedo venir mañana?

—Después de los estudios quiero tener unas dos sesiones por lo menos durante la mañana a solas con él. Después de eso podemos hablar los tres juntos. ¿Qué le parece a las ocho de la noche?

—De acuerdo doctor. Lo veo a las ocho mañana.

Martha se fue indecisa, pero no le quedó otra. El doctor Lira, en cambio, esperó paciente a que Sergio despertara. Había repasado el material usado durante la investigación del caso de Pedro. Empezó a teorizar que, aunque los casos tenían similitudes y diferencias notables, quizás se tratase de casos ligados. En el pasado, concluyó que las visiones de Pedro habían sido esporádicas y no correspondían a un cuadro esquizofrénico, lo atribuyó más a la disociación de la mente temporal. Necesitaba saber si las visiones que la esposa de Sergio le comentó esa mañana que hablo con ella eran lo suficiente para meterlo al mismo cuadro. Lo que sí embonó a la perfección fueron las pesadillas y las hemorragias nasales. Nada concluyente todavía, pero podría irse por ese camino. Dentro de la ciencia, se requieren evidencias irrefutables, esto lo sabía muy bien el doctor Lira; para llegar a este tipo de pruebas se requieren años y años de experimentación. Lo había tenido con Pedro, por treinta años; a Sergio lo había conocido hacia un día.

Cuando el muchacho despertó tardó un rato en asociar dónde se encontraba. Fue el grito el que alertó al doctor.

—¡Suéltenme cabrones, suéltenme!

El enfermero fornido solo revisó que el equipo no se desconectara o cayera. Sabía que el hombre en la camilla estaba perfectamente sujeto para no desamarrarse.

—Buenas tardes señor Ríos. —Entró el doctor con toda calma— ¿Lo puedo llamar Sergio?

—Me vale madre como me llame, suélteme inmediatamente.

—Podemos sedarlo otra vez si no te tranquiliza, esto solo va a hacer tardadas las cosas. Podemos estar días; semanas o meses si gusta.

El hombre dejó de moverse vigorosamente y empezó a bajar la voz paulatinamente.

—¿Por qué me trajo aquí?

Luces en el cielo: El deseo de irse

—Rutina solamente.

—No estoy loco.

—Lo sé.

—Entonces ¿Por qué estoy aquí?

—Porque quiero ayudarlo.

—¿A qué?

—A que todos lo entendamos. Lo que usted está experimentando es algo extraordinario. Todos estamos interesados en saber qué es lo que le sucede.

—¿Todos?

—Su esposa, su jefe, su familia; incluso yo, si me lo permite.

Su esposa la traidora, su jefe el cobarde, su familia la inexistente y un vividor que solo quiere hacerse famoso con sus investigaciones. Esto último se le había ocurrido en el momento; su enojo era notable y muy real.

—¿Dónde está Martha? —preguntó al fin.

—Mañana la podrá ver. Le pedí que viniera en la tarde.

—Me dejó aquí —susurró—. Me abandonó.

—No Sergio, no le abandonó. Le pedí que se fuera a descansar. Tenemos trabajo que hacer usted y yo y es necesario que se quede un tiempo —comentó el doctor calmado.

El muchacho lo volteó a ver entre incrédulo y entre estar de acuerdo.

Por fortuna el hospital estaba bien equipado. Pasaron a Sergio a la sala de pruebas de esfuerzo, aunque esa si estaba un tanto improvisada; luego prácticamente estrenaron el equipo para hacerle un encefalograma y un electrocardiograma; le sacaron sangre, muestras de orina, heces, etc. Lo regresaron a su habitación; le conectaron de nuevo a los equipos y al suero y le administraron de nuevo el calmante; los resultados estarían por la mañana. Mientras Sergio descansaba, el doctor no paró de leer sus apuntes del caso Pedro.

3

El viejo Juan tenía que hacer su viaje semestral hacia Juárez. Se subió a la Ford '65 y tomó la carretera. Por cuarenta y cinco años había hecho dos viajes al año hacia la ciudad norteña para llevar papelería relacionada con los internos del orfanato. En días recientes, aprovechó para llevar peticiones de patrocinios a las grandes empresas que se empezaban a establecer en el área fronteriza. En los últimos cinco años, la población del orfanato se había duplicado y los recursos

Luces en el cielo: El deseo de irse

cada vez eran menos. Seguía recibiendo apoyo del gobierno local, mas con fines políticos que en realidad por la labor social, y de las iglesias, aunque de éstas cada vez eran menos las aportaciones.

Llevaba un par de cientos de kilómetros recorridos; tomó su cajetilla de Marlboros y encendió el quinto cigarro de la mañana. Estiró la mano para sintonizar alguna estación AM que tuviera el alcance hasta donde se encontraba, pero la recepción no era muy buena; se cansó de escuchar a medias y terminó por apagarlo. Su única compañía eran las canciones que el viejo traía en su memoria; tarareando y silbando mantenía un compás al tiempo que golpeaba el volante al ritmo de la música imaginaria. Le estaba dando la tercera bocanada a su cigarro cuando escuchó un ruido extraño en la parte posterior, cerca, a su parecer, de donde guarda comúnmente la herramienta para emergencias. Dio un vistazo rápido para no perder su concentración en la carretera, sin lograr detectar la razón del ruidito. Tardó unos segundos en encontrar de nuevo el ritmo de la canción que tarareaba, y continuó su golpeteo al volante.

Le faltaban ochenta kilómetros para llegar a Juárez. El viejo Juan traía en sus labios el decimotercer cigarro del día. A esa distancia, el radio AM de su camioneta ya detectaba señal, con un poco de ruido ambiental, sin embargo alcanzó a escuchar las notas de algunas canciones, el resto lo podía hacer él con sus tarareos y silbidos; se encontró tarareando una canción de Creedence, Down on the corner; en su muy mal pronunciado inglés, pero qué más da, estaba solo, quién lo podría criticar.

Estiró la mano para alcanzar su cajetilla de Marlboros para colocar sus cerillos dentro. Al no encontrarla en sus primeros intentos, volteó hacia el asiento del copiloto por unos segundos; este despiste lo distrajo de la carretera; el viejo no se percató que la dirección de la camioneta estaba virando ligeramente hacia su izquierda. Su mano volvió a tentar en busca de la cajetilla y esta vez lo mismo hicieron sus ojos. El alarido de un claxon de tráiler lo hizo reaccionar instintivamente a mover el volante hacia su lado derecho; el vehículo de carga pasó estrepitosamente a un lado de su Ford, apenas a centímetros que por poco y le desprende el espejo de la puerta. Quitó el pie del acelerador, aún sin accionar el freno, lo que hizo que su velocidad se redujera considerablemente sin llegar a un alto total; por fortuna, el giro del volante no fue lo suficiente para salirse de la carretera por completo, solo las llantas derechas tocaron la acotación del asfalto haciendo vibrar la camioneta. Con el corazón acelerado y los nervios de punta, detuvo su camioneta en un claro de la carretera. Se llevó las manos a cara y respiró profundo.

—¡Caray! Tengo que dejar de fumar —se dijo a sí mismo.

—¡Mmmm! —se escuchó en la parte de atrás.

Ese ruido lo interrumpió de sus pensamientos; volteó hacia la parte de atrás: no había nadie. De reojo vio la cajetilla

Luces en el cielo: El deseo de irse

de cigarros, la causante de este incidente. Estiró su brazo para alcanzarla, «un buen cigarro para el susto», pensó; la tomó. Sus ojos se fijaron en una cobija que tapaba la caja de herramientas, justo detrás del asiento del copiloto; lo extraño fue que la cobija tenía un movimiento armónico. Sin pensarlo, el viejo dio un tremendo golpe para sacudirla.

—¡Ughhh! —se escuchó.

—¿Qué tenemos aquí? —El viejo levantó la cobija de un jalón y vio una cara conocida— ¡Vaya, vaya!, parece que tenemos a un ratón escondido. ¿Me puedes explicar que haces escondido ahí? ¡Por Dios santo!, vaya que me diste un susto. ¿Cómo es que te mantuviste en silencio todo este tiempo? Debes tener hambre. A ver, niño, sal de ahí y pásate al asiento de enfrente.

El niño, aquel que alguna vez fue conocido como el ratón, ahora un poco más crecido pero no lo suficiente para no contorsionarse al esconderse en la parte trasera de los asientos, se fue desdoblando poco a poco para hacer caso a lo que el viejo le indicaba. Sus piernas debieron estar dormidas ya que no fue una tarea fácil. Como pudo se incorporó.

—Ahora sí, bien. Siéntate y dime ¿Qué demonios haces en mi camioneta? ¿Y cómo es que no me di cuenta que estabas aquí? —dijo el viejo con una voz paternalista.

—¿No está enojado conmigo? —preguntó el niño.

—Aquí el que hace las preguntas soy yo, muchachito. Aún no te has ganado tu pasaje.

—Quería salir de ahí.

—¿No hubiera sido más fácil habérmelo pedido? Si lo hubieras hecho, no creo que batallaría para convencer a la directora que este viejo necesitaba un copiloto.

—No entiende don Juan. Yo quiero salir de ahí, para siempre.

—¡Ah! Ya entiendo. Sigues con esa idea. ¿Después de tanto tiempo? ¿Que son, tres años?

—Él me dijo que iba a regresar por mí. Ya fue mucho tiempo de espera.

—Sigues con lo mismo ¿eh? Sé que extrañas a tu amigo. No todas las promesas se pueden cumplir.

—No lo entiende. Él debe estar buscándome ahora mismo.

—Y ¿Qué te hace pensar que te va a encontrar en Juárez?

—¿En qué?

—Espera un momento. ¿No sabías que yo venía a Juárez?

—No sé qué es eso. Yo solo quería salir de ahí.

—Vaya si eres tonto. Vamos con rumbo de otra ciudad. En estos momentos estamos muy lejos de Camargo. Si lo que pretendías era buscar a tu amigo, ahora estas aún más lejos de él. —En la voz del viejo se reflejaban una preocupación más que una burla.

—Es que… yo solo quería salir de ahí. Después pensaría que hacer.

—Ya entiendo. Tu solo ejecutas. Es tu compañero quien era el cerebro de todas las operaciones. Mira, vamos a hacer una cosa; abre esa puertita; ahí hay una manzana y un jugo; debes estar hambriento. Voy a continuar mi camino, hago mis deberes y regresamos luego para casa. ¡Demonios!, no me molesta en lo absoluto alguien con quien platicar.

—Yo no quiero regresar a lo que usted llama casa —dijo en tono molesto el ratón. Abrió la puerta que le indicó el viejo, tomo la manzana y la empezó a comer como si fuera la última vez que lo haría.

—Mira, yo no voy a ser responsable de una tragedia. Y creo que ya hemos discutido esto muchas veces. En el orfanato estás bien; estarás bien mientras alguien decide adoptarte. Tendrás la misma suerte que tu amigo. Él debe estar feliz ahora, disfrutando a sus padres.

—Es que usted no lo entiende. El gato nunca quiso ser adoptado, y yo tampoco quiero ser adoptado. Es difícil de explicar.

—Inténtalo niño. Nunca sabe uno con quien se puede topar en este mundo. Tengo los suficientes años para entender algunas cosas ¿no crees? —El viejo volteó a ver la carretera, hacia adelante, a un lado y hacia atrás. Cuando se aseguró que no venía nadie pisó el acelerador. Continuó su camino, ahora con un compañero de viaje— ¿Y bien? ¿Qué es lo que no entiendo?

—Nuestro sueño, el mío y el del gato, siempre ha sido encontrar a nuestras familias, a nuestros verdaderos padres. Nos prometimos el uno al otro que lo haríamos juntos, y que no descansaríamos hasta encontrarlos. Los papás nuevos del gato no son los reales, esos no cuentan.

—Bien, te sigo.

—¿Qué?

—Continúa.

—Cuando adoptaron al gato, se rompió con el plan. Nosotros...

—Ni siquiera te acuerdas cómo se llama tu amigo, ¿verdad? —interrumpió el viejo.

—Si se llama... —Hubo una larga pausa— No, no sé. Pero si es mi amigo —sintió que estaba traicionando a su compañero por el hecho de no recordar su nombre.

—No lo dudo que sea tu amigo. Mira, no pongas esa cara. Ustedes dos siempre se conocieron como el gato y el ratón. Vaya, todos en el orfanato los conocemos así, incluso la directora se refiere a ustedes de esa forma. Pero cada uno de ustedes tiene un nombre, ¿sabes?

—Yo me llamo Sergio y él se llama... —Nuevamente puso su cara de frustración.

—Tranquilo niño, no hay necesidad de enojarse. Tu amigo se llama Oscar Sáenz. Al igual que tú, ese no es su verdadero nombre. —El viejo hizo una pausa para voltear a ver la cara del niño —Los papás de Oscar estaban enfermos cuando llevaron a tu amigo al orfanato, si lo recuerdo bien, fue solo el papá, ya para entonces la madre había muerto.

—¿De qué? —dijo el niño con una mezcla de incredulidad, dolor y tristeza.

—No lo sé. Lo único que nos dijo fue que había enfermado de algo raro y que era muy probable que él también muriera pronto. Nunca nos dijo que era. Dejó al gato ahí y se fue. Nunca más lo volvimos a ver. Quiero pensar que efectivamente murió.

—Pero él me repetía muchas veces que sentía que estaban vivos, y bien. Incluso sentía que lo llamaban.

—No dudo que tuviera esos sentimientos. Es muy lindo creer que eso es posible y tal vez pudiera ser la forma de extrañarlos, pero te digo solo lo que se. Ellos murieron.

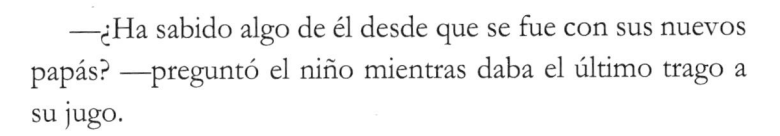

—¿Ha sabido algo de él desde que se fue con sus nuevos papás? —preguntó el niño mientras daba el último trago a su jugo.

—No mucho. Los papás deben ir a firmar al menos una vez por año al orfanato. Es una manera de saber que fueron puestos en buenas manos. Se les hacen varias preguntas y se les deja ir. Los papás de Oscar, los señores Rubio, son buenos padres. No siempre he estado presente cuando han ido a firmar, pero la directora Isabel me ha contado que todo va bien.

—No entiendo —dijo el niño extrañado—. Me dijo que a la primer oportunidad que tuviera se largaría de con ellos y me buscaría.

—Bueno, ya ves que no ha sucedido. Tal vez está contento donde está. Tú sabes, tal vez ha madurado. Al igual que tú, ya no ere ese niño miedoso de ocho años que eras antes.

—No soy miedoso —contestó con una mirada inquisidora.

—Ja, ja. Lo sé. Lo sé.

Hubo una pausa larga antes que continuara la conversación.

—Usted dijo que ninguno de los dos teníamos nombres reales. ¿Qué quiere decir con eso?

—No dije que no sean reales, solo que no son los mismos con los que los bautizaron o quizá registraron. En el caso de Oscar, fue registrado así porque no sabíamos su verdadero nombre. Su padre nunca lo especificó. Entonces decidimos registrarlo nosotros, en el orfanato me refiero. Su apellido Sáenz lo tomó de la maestra Guadalupe Sáenz. Ella fue quien se encargó de él los primeros meses, hasta que por cuestiones familiares tuvo que abandonar Camargo.

—Entonces ¿yo no me llamo Sergio? —Quiso saber el niño.

—Tu caso es muy diferente. Igual de extraño, pero muy diferentes circunstancias. —El viejo hizo una larga pausa, su rostro reflejaba una combinación de nostalgia y de miedo— A ti te encontré yo después de un accidente de carretera.

El viejo recordó los hechos de una manera vívida, como si hubiera sucedido el día anterior. Le platicó al niño del accidente del autobús, de cómo él lo encontró y lo llevó a Camargo al primer hospital que encontró. Sin embargo, la plática fue lenta. Aun después de tanto tiempo, siete años, había muchas lagunas en la historia que el viejo no podía entender y siempre se lo había preguntado—. ¿Por qué no había rastros de personas en el autobús, aparte del niño? ¿Por qué nadie sabía de un accidente de autobús en el hospital de Camargo? Era el lugar más cercano al que podían acudir al recate. ¿Por qué el niño estaba cubierto de sangre y no tenía ni una sola cortada, ni un solo hueso roto?...

—Sergio. ¿Qué recuerdas de la noche que se quedaron encerrados en el cuarto de víveres?

4

—Buen día ¿Cómo te sientes hoy? —Saludó el doctor jovialmente entrando al cuarto de hospital.

—Bien —contestó Sergio—. No recuerdo nada en particular de la noche. Recuerdo que me llevaron al cuarto y me pusieron el suero. De ahí nada, hasta esta mañana. —Su voz se escuchaba lenta, como recién despertado, con casi nula hostilidad para beneplácito del doctor.

—¿Te dieron de desayunar?

—Sí, gracias, primero me sacaron sangre, tuve que orinar y luego me llevaron un buen desayuno diría yo. No tanto como los que yo preparo.

—Bien. El sentido del humor mejoró, eso nos va a ayudar.

—Todo suyo doc, no sé con qué me drogó pero ahora hasta lo quiero —dijo burlón pero sin enojo.

—Con nada. De hecho es lo que quiero saber. Pedro tenía una actitud similar.

—¿En qué sentido?

Luces en el cielo: El deseo de irse

—Tus cambios de humor. Ayer me querías matar, hoy puedo ser tu amigo.

—Todavía no termina el día doc.

—Aún no tienes idea —dijo susurrando el doctor que apenas él se escuchó—. Empecemos entonces.

El doctor tomó una silla, se sentó, cruzo la pierna y apoyo su libreta en el muslo. Sacó de su bolsillo una pequeña grabadora y la accionó. Al hacerlo le guiño el ojo a su entrevistado. Sergio asintió. Se podía decir que la relación empezaba a construir su confianza.

—Voy a ir directo al grano —comenzó—, en este momento ¿ves a alguien en el cuarto?, a parte de nosotros dos.

—No.

—Perfecto, dejémoslo confidencial entonces. —Sonrió el galeno— Platícame, por favor, todo lo que sucedió después de irte de mí consultorio la otra tarde.

Sergio recordó a la perfección cada uno de los detalles. Su plática con don Raúl, la plática con su esposa al llegar. Su sueño tan vivido y la crisis que se llevó a cabo en la cocina. Incluso se atrevió a platicarle la conversación con el niño en el techo de su casa.

—¿Se desvaneció? ¿Así de la nada?

—Sí, le diría que casi me meo, pero por alguna razón que no logro entender se me hizo lo más lógico —dijo Sergio—. Es decir, si realmente viene de otro planeta o de otra galaxia o lo que sea, deben tener la tecnología como para, ¿cómo se dice?, tele transportarse.

—Aunque, si no me equivoco el niño es de este planeta y usted no vio una nave espacial en ningún momento, ¿correcto?

—Es cierto, aunque vi las huellas. —Su cabeza empezó a confundirse.

—Sin embargo —continuó el doctor al ver la cara perdida del muchacho—, es posible lo que dices. Realmente no sabes qué tipo de tecnología tengan. He leído casos en donde estos seres se comunican por medio de telepatía, se mueven por medio de puentes inter dimensionales. Hay muchas teorías. Entendamos primero su experiencia y lo podemos corroborar con alguno de los libros.

—En los libros esos que dice usted, ¿siempre son iguales las abducciones esas?

—No, varía. En lo personal es igual de fascinante como decepcionante. Te puede dar una variedad de posibilidades como una de las razones para no creer. Pero aquí estamos para entender.

—No para creer —dijo Sergio en voz baja.

—Si te creo hijo. —Hubo una pausa de unos segundos que se hicieron eternos— Tus experiencias, me refiero a los sueños, a la sangre y a la charla que tuviste con el niño tienen similitud con una vertiente del fenómeno ovni. Hay quienes piensan que ellos vienen a cuidarnos, a protegernos incluso de nosotros mismos. Tu historia no encaja con esos que les hacen experimentos. A excepción de tu sangrado nasal ¿recuerdas algún dolor? O en tus sueños ¿sientes que están haciendo algo contigo?

—No. Ni siquiera la nariz me duele. Y otro tipo de dolor, tampoco. —De pronto hizo una pausa— No lo había pensado hasta ahorita. Pero ayer que me trajeron aquí, se pareció mucho a los sueños que he tenido en los últimos meses.

—¿En qué aspecto?

—Precisamente en el hecho que voy en una camilla, y que me ponen en algún estilo de cuarto grande con otras personas observándome.

—¿Te hacen algo?

—No, veo una cara que se me acerca y me despierto.

—Interesante —dijo el doctor—. Sabes, muchos han experimentado con hipnosis en sus pacientes, de ahí es donde sacan más información de las abducciones. Digamos que es un método para obtener la información que el paciente no recuerda conscientemente y tratan de obtener desde su parte inconsciente.

—Pues luego luego —dijo con entusiasmo—. Hagámoslo.

—No es tan sencillo.

—Qué doc ¿usted no puede?

—Sé la técnica de hipnosis y sé que es una buena herramienta. Lo intenté con Pedro, sin embargo como doctor en psiquiatría, también sé que el cerebro es capaz de guardar tanta información que se puede confundir lo que sale de una hipnosis, no solo con lo que se vivió sino también con lo que se leyó, lo que se vio en la televisión, lo que se platicó. En fin, la hipnosis abre una parte del cerebro que suelta la información revuelta y no sabemos realmente de donde viene.

—Puede ser todo una manipulación.

—Exacto, por la información que recibiste en tan poco tiempo. Déjame te pregunto algo importante, conociste la historia de Pedro hace tres días, tuvimos una plática hace dos días, y viste a un niño que te dijo que venia del espacio. Antes de todo esto ya habías tenido sangrados, ya habías tenido sueños ¿Creías en extraterrestres hace una semana; hace un mes?

El muchacho se quedó boquiabierto. Tardó un rato en poder contestar, pero al fin lo hizo.

—Sí, con muchas reservas.

—¿Cómo es eso?

—No creo que seamos los únicos, y no creo que miles de personas mientan. Pero nunca creí que me pasaría a mí. Ahora que lo dice, si entiendo que es posible que la información recibida me haya abierto a esa posibilidad al...

—Al grado de que tu mente lo esté fabricando —dijo el doctor.

—Entonces, ¿por qué sigue diciéndome cosas sobre los libros de extraterrestres?

—Porque yo también quiero creer. Tú muestras signos distintos a los que vi en Pedro.

—¿Cuáles?

—Analizas las cosas, tienes un lado racional y tienes la capacidad de diferenciarlo.

—Eso invalida mi experiencia extraterrestre.

—Sí —dijo el doctor—. Y no.

El muchacho le echó una mirada absurda.

—Te lo explico sencillo. Eres elocuente, cuando estas tranquilo, y lo entiendo. Nadie somos nosotros mismos cuando estamos enojados. Pero ahora que te noto tranquilo, eres capaz de razonar, de analizar tu mente. No dejas que te ganen tus creencias. En otras palabras, te creo. De verdad te creo.

Sergio sintió de nuevo la calidez que sintió al platicar con don Raúl. Esa calidez de estar con un buen amigo. De esos que a pesar de no pensar igual se entienden y se creen el uno al otro. La única persona que podía tomar ese lugar en su vida era Martha, y ella no le creía, ella no estaba en la misma sintonía. Ella lo había abandonado.

—¿Pasa algo? —interrumpió sus pensamientos el doctor.

—Tengo miedo —dijo—; tengo miedo de que todo esté en mi mente.

—Y aquí estoy para ayudarte, si ese es el caso.

—Tengo miedo del futuro —continuó como si el doctor no hubiera dicho nada—; tengo miedo de no poder ser lo que Martha espera de mí y por eso se está rindiendo. Tengo miedo de que no podamos vivir lo que hemos planeado. Sus esculturas, poner la galería que ella siempre soñó, poder tener mejores ingresos, poder tener una familia.

—A eso quiero ayudarte. Quizás solo es algo que te está estorbando dentro de tu mente. Sabes, tenemos una mente muy poderosa, capaz de crear síntomas físicos de tanto pensarlos.

—¿Qué hay del niño? ¿Está en mi imaginación?

—Tal vez si, y tal vez no.

—¿Cómo puedo estar seguro?

—La vida no nos da seguridad de solo desearla. Nosotros construimos esa seguridad.

—¿Cómo salieron mis exámenes doc? —Cambió de súbito el tema.

—Perfectos. Eres una persona perfectamente normal.

—¿Y en mi cabeza?

—Normal. Sin ningún tipo de daño.

—Entonces ¿qué sigue?

—Seguir evaluándote. Te sugiero que te quedes hoy de nuevo aquí. Ya no es necesario más exámenes, pero si podemos planear una terapia. Conmigo si así lo deseas.

—Ok.

—Hoy por la tarde vendrá tu esposa. Quiero platicar con ella primero, si me lo permites. Después podrás verla.

No contestó. El sentimiento de abandono no se va tan fácil. Solo asintió con la cabeza.

—Intenta descansar el resto del día. Solo acudiremos a calmantes en caso extremo, por lo pronto, ni un solo químico te vamos a administrar.

Sergio apoyó la cabeza en la almohada y cerró los ojos. El doctor salió del cuarto y fue directo a su oficina. Ahí tomó de nuevo sus notas. Las hojeó por unos minutos. Llegó a una sección donde encontró el reporte de hipnosis de Pedro. Leyó con cautela. En éste menciona los miedos a los que se estaba enfrentando Pedro. Un joven recién egresado de la facultad, enfrentándose al mundo laboral. Si bien se le habían detectado indicios de drogas en su organismo, el resto parecía normal. Durante la hipnosis el paciente tembló constantemente. Gritaba de vez en cuando pidiendo que se retirara la persona que había venido por él. No mencionó nada de seres extraños o formas extraterrestres, se refería a él como niño. El niño que venía por él. El doctor cerró el expediente. «El niño que venía por él», se repetía en la mente.

5

—Nada. Se fue la luz y de ahí no recuerdo nada. Ya se lo había dicho —dijo el niño.

—Sí, recuerdo que eso fue lo que dijiste —contestó pensativo el viejo.

Hubo un silencio.

—Cuando te llevé al hospital, después del accidente —continuó el viejo—, los doctores me dijeron que no tenías ni una sola lesión. Yo les indicaba que tenías sangre en tu ropa, pero me dijeron que tal vez era sangre de alguien más. Pregunté por los demás sobrevivientes, pero la única respuesta que me daban era que no sabían de qué estaba hablando. Nadie tenía conocimiento de algún accidente. Después de que te despacharon a tu casa, yo no sabía qué hacer. Claro que tenía la opción de llevarte al orfanato, sin embargo sentía la responsabilidad de por lo menos indagar para encontrar a tu verdadera familia. —Tomó un respiro. Sacó un cigarro más y se lo llevó a la boca. Mientras lo encendía continuó su charla— Esa noche no pude dormir. Había muchas preguntas en mi cabeza y no tenía la respuesta para ninguna. Recuerdo que fui a escondidas a la oficina de la directora Isabel, tomé el directorio telefónico y busqué por otros hospitales, clínicas o albergues. En ninguno me supieron dar razón de personas que hayan sido atendidas con lesiones de alguna volcadura, incluso en algunos me dijeron que la noche estaba muy tranquila y no habían recibido pacientes de ningún tipo.

El niño no se estaba aburriendo con la historia del viejo. Por alguna razón que no entendía, le parecía fascinante escuchar la versión, tal vez más fidedigna, de cómo él llegó a parar en el orfanato. Era eso, y más importante aún, quería saber de sus padres.

—¿Conoció a mis padres? ¿Murieron en el accidente? —preguntó ansioso el niño.

—A la mañana siguiente —continuó el viejo como si no hubiera escuchado al chico—, fui a la tienda de la esquina para comprar el periódico; pensé que ahí encontraría algo. Busqué en todas las secciones pero no encontré nada relacionado con el tema. Luego caí en la cuenta que el accidente había pasado muy tarde y que tal vez ningún medio lo había cubierto. Así pasé como cinco días seguidos, buscando la noticia en algún lado sin ningún éxito. Mi siguiente paso fue hacer llamadas a los hospitales de Delicias, Jiménez, incluso Parral y Chihuahua, preguntando lo mismo, pero al igual que aquí, nadie sabía nada. Un día por la tarde decidí ir a la carretera para ver si el camión estaba ahí, esto fue como al tercer día, pero como lo supuse, ya no estaba ahí; alguien debió de ir por él. Poco a poco se me fueron terminando las opciones; y ninguna de mis preguntas tuvo respuesta. Al final, la directora y yo aceptamos el hecho que nos quedaríamos contigo mientras alguna pareja llegara buscando a un niño perdido en las circunstancias en las que fuiste encontrado tú; esa pareja nunca llegó, al menos en los siete años que tienes en el orfanato.

—Entonces murieron —dijo el niño con los ojos vidriosos.

—Es muy probable que sí —contestó.

—Y ¿Cómo supo que mi nombre era Sergio?

—No, nunca supimos tu verdadero nombre. Cuando ya desistimos de la búsqueda, decidimos darte un nombre. Fuimos al registro civil y te registramos con el nombre de Sergio Ríos, que al final de cuentas fue innecesario. —Rio el viejo— Ya que siempre has sido el ratón.

—Sergio Ríos —dijo el niño pensativo.

—Sí —no contestó más el viejo.

Continuaron platicando de otras cosas. Ninguno de los dos tocó de nuevo el tema por los siguientes minutos. A la vista estaba ya la ciudad, en escaso tiempo estarían ahí y terminarían sus deberes. Al cabo de un tiempo se desocuparon y mientras esperaban a que llegara la hora de regresar a Camargo, se detuvieron a comer unos burritos. El niño pidió uno de frijoles con queso, el cual se devoró al instante, y el viejo uno de chicharrón.

6

Martha estuvo todo el día inquieta en la galería. No sabía cómo estaba su esposo. A media mañana había tenido que vomitar, por los nervios había pensado ella. Se sentía ansiosa por terminar su trabajo y correr al hospital; se sentía también culpable por haber dejado a su marido la noche anterior. Ella sabía que no se caracteriza por ser una persona violenta, pero considerando la presión a la que estaba siendo sometido en los últimos días entendía que las cosas se pusieran difíciles. Tenía miedo que Sergio cometiera alguna tontería. Se preguntaba una y otra vez que haría si le detectaran algún tumor cerebral o algún cáncer avanzado. ¿Qué haría sola? ¿Qué haría sin su amado esposo? Sintió nauseas solo de pensar en la perdida y fue al baño. De nuevo vomitó.

La dueña de la galería ya había notado sus dos visitas al baño. Le ofreció incluso que se fuera a descansar. Martha se reusó la primera vez, pero en la segunda le tomó la palabra. Pensó en que podía llegar más temprano con el doctor para acabar pronto con su ansiedad. Sin embargo, recordó que le habían pedido el acta de nacimiento, la cual olvido en la mesa del comedor. Tomo el Sentra y se dirigió a su casa, tenía tiempo. La cita era a las ocho de la noche. Tenía cuarenta y cinco minutos. Suficientes para ir por el acta y luego al hospital.

Llegó a la casa. Estacionó el carro y salió a toda prisa. Los nervios le pasaron una mala jugada al intentar abrir la puerta. Al fin logró entrar, tomó el acta y volvió a salir. Cuando estuvo a punto de subir al Sentra una voz conocida le habló por detrás que la asustó.

—¡Hola hermosa! —La vecina saludo jovialmente. Traía a su hijo tomado de la mano; este último veía la casa de los vecinos con extraña atención.

Martha volteó alterada y reconoció la cara de su amiga.

Luces en el cielo: El deseo de irse

—¡Ay! hola güera, me asustaste.

—¿Estas bien? Te notas un poco pálida.

—Tengo algo de prisa amiga, debo ir al doctor y no quiero perder la cita.

—¿Pasó algo? ¿Estás tú bien? ¿Tu marido está bien? Hace unos días que no lo veo.

—Estamos bien güera, solo traigo un poco de prisa —dijo sin voltearla a ver y poniéndose el cinturón de seguridad.

—¿Hay algo en que te pueda ayudar? —insistió la vecina.

—En realidad ahorita no, gracias bonita —dijo distraída.

—Ok amiga, cuando vuelvas pasas por mi casa, hay unas cosa que quiero contarte. —Entendió el apuro de su amiga— Vente Luisito vámonos ya. —Jaló al pequeño.

Martha encendió el carro y puso la palanca en la D.

—Espera mamá, pregúntale a la señora cuando van a prender las luces.

—¿Cuáles luces mi vida? Si no estamos en navidad —dijo la madre.

—Las luces que prenden en las noches, las de muchos colores —insistió el niño.

Martha alcanzo a escuchar lo que el chico decía. Apenas había avanzado cuando pisó de tajo el freno.

—¿Qué dijo tu niño? —En su voz se había perdido toda amabilidad. Parecía un reclamo.

—No le hagas caso amiga, tú ve a donde tienes que ir —dijo apenada—. Tú no estés diciendo esas cosas. Ándale, vámonos ya para adentro.

—Pero quiero ver las luces mamá.

Martha puso la palanca en P. Sin bajarse del carro acerco la cabeza a donde estaba Luisito.

—¿De qué luces hablas?

—Las del techo, son de muchos colores. —El niño mantenía una sonrisa de oreja a oreja.

—Mejor vete amiga, se te va a hacer tarde.

—No, espera. Luisito, dime algo. ¿Cuándo viste esas luces en el techo de mi casa? —Martha empezó a asustarse.

—El otro día.

—¿Ayer?

—No.

—¿El día anterior?

Luces en el cielo: El deseo de irse

—Sí —dijo el pequeño—. Y también otros días.

—Dios mío —susurró Martha.

—No entiendo vecina. Mejor ve, luego hablamos. Mientras voy a regañar a este chamaco por estar diciendo mentiras.

—No son mentiras mamá, yo las vi, son naranja, rojo, azul, amarillo. Bailan y luego saltan hasta el cielo.

Martha no dijo más. Puso de nuevo el carro en D y arrancó a toda prisa. Por el retrovisor observo a su amiga jalando al niño hacia su casa y lo iba regañando «¿Sera cierto?»; cómo es posible que el niño se le ocurriera de repente que tenían luces navideñas en pleno Junio. Su cabeza le daba vueltas, solo le pedía a Dios no tener ganas de vomitar. Aunque como iba manejando sería muy probable que eso pasara.

El trayecto fue largo. El hospital mental está a treinta minutos con tráfico. Ya había pasado la hora de cambio de turno en las maquiladoras por lo que rogó que el camino estuviera despejado. No es de extrañarse que se debió pasar uno que otro semáforo en rojo, por fortuna no se topó con ninguna patrulla de tránsito. «Dios santo, ¿será verdad lo que tiene Sergio? Y yo fui a meterlo a ese lugar. Dios mío ayúdame, no sé qué está pasando.»

Las luces del hospital se veían ya cerca. Martha aceleró aún más. Llegó al estacionamiento y detuvo el Sentra. Corrió a la puerta y un enfermero la estaba esperando. Era el fornido que sometió a Sergio en el Restaurant.

—Deprisa señora, el doctor Lira la está esperando.

—¿Qué paso? —dijo ya alterada. Se escuchaba una chicharra al fondo.

—Su esposo se escapó hace veinte minutos.

—¿Cómo? ¿Que sé qué?

—Ya salieron dos enfermeros a buscarlo. A mí me pidió el doctor que la esperara en la puerta y la llevara con él, discúlpenos señora. —El hombre no dejaba de caminar de prisa invitando a la señora a que siguiera su paso.

—Pero ¿Cómo que se escapó? ¿Qué le hicieron?

—El doctor le puede explicar mejor.

Llegaron a la sala de visitas. La puerta de emergencia estaba abierta. Una luz roja giraba justo encima del marco. El sonido incesante de la chicharra se apagó, pero la luz roja seguía girando.

—Señora Ríos. —Escuchó al doctor viniendo a su derecha.

—¿Qué le hicieron? ¿Qué le hicieron? —Martha repetía histérica.

Luces en el cielo: El deseo de irse

—Tranquilícese señora por favor. Estamos igual de consternados. Ya salieron dos enfermeros a buscarlo. ¡Dany! Sal tú también. Llévate una lámpara —ordenó el doctor al enfermero fornido.

—¿Cómo quiere que me calme? Mi marido está allá afuera quien sabe dónde y usted ¿solo quiere que me calme? ¿Qué le hicieron?

—Nada señora, cálmese. Siéntese y puedo explicarle todo.

—¿Cómo sentarme? ¿Quiero ir a buscar a mi marido?

—Es peligroso, estamos a las afueras de la ciudad, lo que hay allá es solo desierto, no hay luz. Además ya tengo gente buscándolo. No tardarán en encontrarlo y traerlo. No debe ir muy lejos, va descalzo y solo con la bata.

—¿Está usted loco doctor? no entiendo como tiene la sangre tan fría.

—No tiene caso que nos alteremos, actuaremos desesperados —intentó defenderse el doctor.

Uno de los enfermeros que habían salido primero a buscarlo regresó.

—Doctor Lira —dijo agitado—. No lo encontramos, Rito se fue a buscarlo rumbo a la ciudad universitaria y nos topamos a Dany, él dijo que se iría con dirección a la puerta. Yo vine a avisarle y a traer otra lámpara.

—Quiero ir —dijo Martha.

—Dejemos que ellos lo busquen por lo menos un rato más. Si no tenemos éxito entonces si tendremos que hablarle a la policía, nos pueden ayudar con un helicóptero.

—Voy a ir. —Los ojos de Martha se salían de sus orbitas. Esto no era una sugerencia o una pregunta, era una decisión.

—Está bien —dijo el doctor después de una pausa—. Yo voy con usted.

—¿Alguien lo está buscando en carro? —cuestionó la señora.

—No se puede, no hay caminos y con la escasa luz no tardaríamos en quedarnos atascados en la arena —dijo el enfermero.

El trío salió por la misma puerta de emergencia. En efecto, notó Martha, lo único que separaba el desierto del hospital era una calle y una hilera de casas, la mayoría de ellas abandonadas.

—¿Ya buscaron aquí? —Señaló las casas destruidas y llenas de grafiti.

—Si señora, fue lo primero que revisamos —le contestó el enfermero.

Continuaron caminando. A Martha le recorría por el cuerpo una mezcla de coraje con preocupación. Ambos eran naturales de acuerdo a la situación.

—El niño de mi vecina vio luces en mi casa —dijo de pronto al doctor—. Dice que no una, sino varias veces vio luces de colores en el techo de mi casa. ¿Eso le dice algo doctor?

—No lo sé —contestó—. Carlos, adelántese un poco. Usted no debe escuchar esta conversación —ordenó el doctor.

—Entiendo doc —obedeció el enfermero—. Solo no se me separen mucho.

El hombre avanzó acelerando el paso y dejó espacio necesario para la privacidad del doctor y la señora Ríos.

—Cuénteme.

7

Eran ya las cinco de la tarde. Si no salían en ese momento, el tráfico se incrementaría y terminarían saliendo de la ciudad hasta las seis y media o las siete, más las seis horas de camino, los haría llegar muy de madrugada. Al viejo ya le fallaba la vista y no quería pasar muchas horas viajando de noche. Tomaron camino, la única parada prevista antes de salir de Juárez era llegar a la gasolinera. El viejo volteó a ver al niño que había estado muy callado buena parte de la tarde.

—¿Estás bien? —Preguntó, sin obtener respuesta—. ¿Qué tienes? ¿Te sientes mal?

—No —contestó el niño secamente.

—Entonces cambia esa cara, no pretendo ir callado todo el viaje. Ya estás aquí, ahora sé de utilidad y distrae en el camino a este viejo que se puede quedar dormido.

—Usted ha sido muy bueno conmigo y con el gato —comenzó el pequeño—, cuando hemos hechos las peores vagancias usted siempre nos ha defendido. Al gato no le gustaba que usted nos diera lo que él llamaba sermones, pero a mí siempre me pareció que nunca nos delató con la maestra Isabel.

—Bueno hijo, yo también fui niño alguna vez. Hace mucho tiempo por supuesto, pero entiendo por lo que pasan los niños como tú y como Oscar.

—¿Usted también es huérfano?

—No, no lo fui. Yo viví con mis padres hasta que cumplí 18 años.

—Entonces no entiende todo lo que le decimos.

—Es verdad, yo tuve la fortuna de tener a mis padres cerca. Sé que debe ser muy difícil para ustedes, pero he vivido muchas cosas hijo, gran parte de los años que tengo los he pasado en el mismo orfanato, conociendo a todos los niños y niñas que han pasado por ahí; he escuchado sus historias, los he regañado, los he reprendido y también ocasionalmente los he defendido. Hay muchas memorias en esta cabeza ¿sabes?

—Muchas noches que platicábamos hasta tarde el gato y yo, nos sorprendíamos de que teníamos muchas cosas en común. Había cosas que salían de lo normal, de lo que vivían los demás compañeros nuestros.

—Ustedes dos fueron muy cercanos, y quizás con una historia similar. Ambos llegaron al orfanato en circunstancias diferentes, pero extrañas a la vez; además convivieron juntos varios años y aprendieron a ser leal el uno al otro. Eso es normal en una amistad tan fuerte como…

—Pero no me refiero a eso —interrumpió el niño—. Yo me refiero a que los dos sentíamos de alguna forma que nuestros padres estaban vivos, en algún lado. No es algo que se pueda explicar de la mejor manera. —Su voz y sus palabras empezaban a tornarse más maduras. Ya no era el niño de once años y estaba lejos de ser el ratón de ocho— Por eso tratamos muchas veces de salir de ahí. Muchas de las veces fue… —Hizo una pausa para encontrar la palabra correcta.

—¿Instintivo?

—Eso. Era una necesidad más que un deseo. —Guardó silencio por unos segundos, luego continuó— Muchas noches tuve sueños en donde veía a mi mamá tomada de la mano de mi papá. Nunca me dijeron nada, pero siempre me sonreían, me acariciaban el pelo. En esos momentos yo sentía una paz muy grande. Cuando despertaba sentía que lo había perdido todo. Sentía coraje de que solo haya sido un sueño. Se lo platicaba al gato en la primera oportunidad y me sorprendía que me platicara que él también había tenido el mismo sueño, con sus padres.

—Y ahora que te he platicado que los padres de Oscar murieron, ¿no cabe la posibilidad que tu amigo te estuviera mintiendo para hacerte sentir bien a ti? —Lo pensó antes de hacer esta pregunta mientras el niño le contaba sus sueños, el viejo no era un experto en la materia pero le parecía un truco de niños para calmar la situación. Aun así había algo en la historia que le intrigaba.

—No lo entiendo don Juan. De verdad que no lo entiendo. Pero lo tengo que descubrir. La sensación de que mis padres están con bien está muy fuerte. Es algo que no es fácil de controlar.

—Ya estás hablando como tu amigo —dijo en tono preocupado.

—A él también lo tengo que encontrar.

—Bien, entonces no se hable más del asunto —dijo el viejo para darle un giro distinto a la conversación—. Cuando lleguemos a Camargo, yo mismo te voy a ayudar a encontrar a tu amigo. No creo que sea difícil, en el orfanato hay registros de los padres adoptivos y es seguro...

—No don Juan. El gato no está en Camargo. No tengo nada que hacer allá.

—Qué cosas dices chamaco. Debe estar ahí. A sus padres les queda todo un año más para ir a firmar...

—No lo entiende don Juan, el gato ya no está en Camargo.

— ¿Cómo puedes estar seguro de eso?

—Solo lo sé. Estoy seguro.

—Y según tú, ¿A dónde se fue? —dijo el viejo en una mezcla de preocupación e incredulidad.

—Él está aquí.

Se detuvieron en la última estación de gasolina a las afueras de la ciudad y pidió que le llenaran el tanque. La plática con el niño le empezaba a causar dolor de cabeza al viejo. Toda esa terquedad de buscar a su familia, de buscar a su amigo, le parecían cosas sin sentido. Eran solo niños, casi adolescentes, pero aun así le parecía juego de niños. Sin embargo la actitud que tomó de repente Sergio le llamaba poderosamente la atención. Parecía que acababa de dar un brinco de la niñez a la pubertad en escasos minutos. La solemnidad y seguridad con la que el pequeño hablaba no eran normales en él. Siempre fue el más miedoso de los dos. Siempre estuvo a expensas de la protección de su compañero, y de pronto se convertía en un hombre maduro. O por lo menos en un hombrecito maduro. Pero eso no significaba que lo que le platicaba fuera cierto. La responsabilidad civil y moral que tenía para con el niño era de regresarlo con bien al orfanato, y que la directora no se diera cuenta que lo había acompañado hasta Juárez; aunque, a decir verdad, ya para entonces la ausencia del niño habría sido notoria, y la búsqueda dentro y fuera del orfanato estaría en marcha, y al viejo no se le había ocurrido como explicaría lo ocurrido. Jamás delataría al niño.

Una vez lleno el tanque, llegó el momento de pagar. El viejo tomó su cartera para sacar el dinero dejando a la vista la licencia de conducir. La foto mostraba a un viejo despeinado pero sonriente, definitivamente era la cara de don Juan. El niño no dejaba de mirar el tarjetón con la foto, la palabra en grande Chihuahua y justo debajo de ella el nombre: Juan Antonio Ríos L.

—Quiero ir al baño —dijo el niño.

Luces en el cielo: El deseo de irse

8

Después de unas dos o tres horas de siesta tranquila, Sergio se despertó. Se notó dentro del cuarto de hospital y recordó la plática con el doctor. Estaba tranquilo. El grado de confianza con el doctor iba de subida. Lo trataban bien ahí. Quizás lo tengan medio sedado, sin embargo recordó que el doc le había prometido que no usarían químicos en su tratamiento. Le creyó. Se sentía normal, no había mareo, ni pesadez. Lo mantenían bien alimentado.

Se levantó lentamente. Sintió una frescura en sus pies al tocar la helada loseta. Vestía solo la bata de hospital. A pesar de los tubos del suero y las conexiones de los aparatos con los que lo monitoreaban pudo caminar y llegar hasta la ventana. Debían ser entre las 7:00 y 7:30 ya que el sol se escondía casi por completo.

En su mente comenzó a repasar los hechos recientes. Su cerebro intentó acomodar la información importante en orden. ¿Qué es verdad? ¿Qué es mentira? ¿Qué está solo en tu cerebro Sergio? había una especie de guerra entre lo que le decía el doctor y lo que le había dicho el niño. Ambos terrenales pero uno con información palpable, entendible, quizás no del todo ya que no es fácil entender los desórdenes mentales a la primera, pero había esa parte racional en Sergio que le decía que el doctor tenía razón. Por otro lado el niño le había hecho, no una invitación, sino más bien era una advertencia, una anticipación a lo que estaba a punto de pasarle. Sin embargo era posible que eso solo estuviera en su mente, principal mas no únicamente porque se había sugestionado con la historia de Pedro y eso le llenó la cabeza de porquería. Entonces, ¿Qué hacer? ¿Qué creer?

—*Lo que más te convenga* —dijo de pronto la voz.

Sergio echó un brinco hacia atrás alejándose de la ventana. Volteó a todos lados y no había nadie en su cuarto. Con paso cauteloso se fue acercando nuevamente al vidrio.

—*Ya estás listo.*

—No, no lo estoy —contestó Sergio volteando a izquierda y derecha.

—*Ya es hora.*

—No sé qué hacer —respondió tembloroso.

—*Yo te ayudo. Te enseño el camino.*

—No me dejan salir.

—*Yo te ayudo* —repitió la voz.

Los ojos de Sergio se empezaron a poner en blanco, como si sus pupilas estuvieran escondiéndose para cambiar de tono. Sus ojos regresaron a la normalidad. Empezó a desconectarse del suero y del oxígeno al que estuvo conectado para dormir. Cruzó el cuarto y llegó a la puerta. Su andar era lento, como si estuviera en un trance hipnótico. Abrió la puerta y asomó la cabeza. No había nadie en los alrededores.

—*Ve a la sala de visitas.*

Sergio obedeció. Dentro de su grado aletargado estaba consiente. Su corazón latía a mil por hora, tenía miedo que lo descubrieran. Debía recorrer el pasillo central hasta llegar a la sala de visitas. Sabía que esa sala tenia cámaras de seguridad y que en cualquier momento lo verían y atraparían. Pero para su sorpresa no había nadie. No había enfermeras de guardia a medio pasillo y la sala estaba vacía. Volteó hacia la puerta de emergencias y ésta estaba abierta de par en par. Aceleró el paso y llegó hasta ahí.

—*Vamos, sal.*

—Y ¿A dónde voy?

—*Camina noventa grados al este de la puerta.*

Sergio volteo a su derecha y observó cómo se iluminaba "La Puerta", escultura que está a la entrada de la ciudad. —Noventa grados al Este. —Volteó a la izquierda y vio pura oscuridad.

—¿Hacia allá?

—*Si. Camina derecho. Me vas a encontrar.*

Obedeció. En su primer paso fuera del hospital sintió la arena tocar sus pies descalzos. Una ligera brisa le movió la bata. Sujetó la parte trasera de la poca vestimenta y salió a la intemperie. De reojo vio la puerta de emergencia del lugar. Una persona la estaba cerrando: era Pedro. La alarma se activó quince minutos después.

Luces en el cielo: El deseo de irse

H. E. Saldivar

El deseo de irse

1

Don Juan cerró la puerta de la vieja camioneta. Acompañó a Sergio al baño. En el camino se topó con un trailero que pasó justo a su lado golpeando el hombro, haciéndole soltar la mano del niño. Este último aprovecho el momento y corrió en sentido contrario al que se dirigían.

—Niño. —Titubeo el viejo— Sergio, ven pa´ca muchacho.

El niño no respondió, seguía despavorido corriendo como si lo siguiera el diablo.

—Niño regresa.

—Oiga amigo —dijo el trailero—. Ese no es su chamaco, ¿verdad?

—Usted no entiende —continuó caminando rumbo a donde Sergio corría.

—Si no es su hijo, déjelo en paz o llamo a la policía —advirtió el trailero.

—No es mi hijo, trabajo en un orfanato y él es uno de los niños que viven ahí, tengo que llevarlo a Camargo.

El viejo estaba asustado. Se le notó en los ojos y en la cara desencajada. No podía correr, muy apenas podía caminar con un ligero paso acelerado. El trailero se le quedó viendo unos segundos y se subió a su vehículo. Tomó el radio y dio un mensaje a sus compañeros.

Sergio, corría sin saber a dónde tenía que ir. El estacionamiento era un hervidero de carros, trocas, trailers, gente que iba y venía de la tienda, otros cargando gasolina. No se dio cuenta que para evitar a toda esa gente se fue apartando poco a poco hasta llegar a la orilla de la carretera. Ahí los vehículos pasaban zumbando sin inmutarse de la presencia del niño a escasos metros.

—Espera hijo —gritó don Juan—. Detente. No cruces —gritaba desesperado pero aún estaba muy lejos.

El niño no escuchó. Esperaba el momento exacto en que tenía que cruzar la calle. Veía como carro tras carro, tráiler tras tráiler pasando a más de noventa kilómetros por hora no le permitían avanzar.

—Hijo, por favor. Ahí quédate —gritó ahogándose el viejo.

Hubo un claro en la carretera en donde no se vio vehículo cerca. Sergio tomo vuelo y empezó a correr, jamás se fijó que por el entronque de la carretera venía dando vuelta una troca.

2

—El hijo de mi vecina esperaba que se encendieran las luces —le dijo Martha al doctor—. El niño vio unas luces en el techo de mi casa.

Ambos seguían caminando. La arena no les dejaba ir más rápido. Se venían guiando por la lámpara que traía el doctor en la mano y por el haz que salía de la lámpara del enfermero.

—¿Qué edad tiene? —preguntó el doctor.

—Cinco años. ¿No le parece raro?

—No.

— ¿No?

—No. Los niños por lo general van a decir la verdad. ¿Usted le contó algo de este tema a su vecina?

—No, para nada. No la había visto desde que se desató todo este lío. Además, dudo mucho que me creyera.

—Entonces es más probable que el niño diga la verdad. Eso juega a favor de su esposo. Eso indica que no está teniendo alucinaciones.

—Mi marido nunca ha visto luces. Al menos no me lo ha dicho.

—Y a mí tampoco, pero relaciona al niño con el que platicó como alguien que viene en una nave manejada por extraterrestres. ¿Cierto?

—Doctor, yo vi solo un trapeador —dijo confundida Martha.

—Pero sabe que Sergio vio a un niño, y que habló con él, ¿me equivoco?

—No se equivoca. —Martha se detuvo un segundo— Después de esa crisis, yo me fui a dormir. Tardé un rato en conciliar el sueño. Escuche que Sergio subió al techo y luego escuche su voz...

—Y ¿luego? —Se detuvo también el doctor.

—Luego escuche otra voz. No supe de que hablaron, pero ahora recuerdo una segunda voz.

—Ahí está. La voz, las luces. Son indicios de la salud de su esposo. No puedo concluir que el tema de los extraterrestres sea cierto o no, pero por lo pronto es bueno saber que no está todo solo en su cabeza. —Continuaron su paso de búsqueda y el doctor su hipótesis— Ahora, hay otra cosa que me preocupa.

—¿Qué cosa?

—El niño que ha visitado a Sergio, de acuerdo a lo que me dijo su esposo, es que lo está invitando a ir con él. ¿Tiene idea por qué?

—No estoy segura —dijo ella extrañada.

—Cualquier cosa señora Ríos. Ahorita cualquier información es de suma importancia.

—Hemos peleado mucho. Nuestra situación económica ha mermado y eso nos ha puesto en contra en más de una ocasión. Yo, y un tanto mi papá, lo hemos presionado para que busque un mejor trabajo, pero él trae otras cosas en la mente. —Detuvo su plática un momento para entender la ironía de lo que acababa de decir— Ese conjunto de cosas le están pesando. Sé de antemano que me ha perdido confianza. Cree que estoy en su contra, que no lo estoy apoyando. Pero la crisis de antier me asustó. Creí que estaba perdiendo el juicio. Entre todo esto él piensa que lo estoy abandonando.

—Me lo dijo —interrumpió el doctor.

Martha solo lo veía. Ambos detuvieron el paso por un instante.

—Está vulnerable. No sabe en quien confiar. Si resulta que ese niño es real y lo está persuadiendo a que se vaya con él...

—Traje el acta de nacimiento de Sergio —soltó de pronto—. Está registrado solo con el apellido de Ríos. En el campo de madre no dice nada y en el campo de padre está el nombre de Juan Antonio Ríos.

—¿Lo conoce?

—No. No lo entiendo.

—Ahí puede estar otra de su motivación. Otra fuente de información en la mente de su esposo.

—¿Cuál?

—La ausencia de padres biológicos. Usted dijo que él estuvo internado en un orfanato, ¿cierto?

—Sí. ¿Eso qué tiene que ver?

—Mucho. Sergio está buscando no solo cariño y compañía. Está buscando identidad. No tiene una figura paterna y materna a qué aferrarse.

—Pero, ¿después de tanto tiempo?

—Más ahora.

Ambos reanudaron su búsqueda.

3

La troca frenó en seco cuando vio el tráiler atravesándose en la carretera. El conductor accionó el claxon y le gritó maldición y media al trailero, pero éste ni siquiera lo volteo a ver. Sus ojos estaban fijos en su compañero que bajó a toda prisa para alcanzar al muchacho. Sin darse cuenta Sergio, fue jalado de la playera hasta quedar en brazos del desconocido.

—Te tengo —dijo el tipo—. Vente, vamos a la banqueta.

—Suélteme —gritó el niño—. ¿Por qué me agarra?

—Te salvé niño. Te iban atropellar —resopló del esfuerzo.

—No, déjame, tengo que encontrar a mi amigo, tengo que encontrarlo —repetía entre lágrimas.

El hombre no entendió. Solo jaloneó al chico para quitarlo de la carretera. Cuando llegaron a la orilla, el tráiler atravesado retrocedió y el que venía al volante de la troca continuó gritándole maldiciones. Don Juan llegó como pudo a donde resguardaron los traileros al niño.

—Sergio ¿no te pasó nada? —Llegó el viejo abrazándolo de inmediato. El chico no paraba de llorar.

—Está bien señor, fue solo el susto —dijo uno de los traileros.

—Gracias señor, muchas gracias. —El viejo no soltó al niño en ningún momento.

—Niño, ¿lo conoces? —le dijo el trailero a Sergio señalando a don Juan.

El chico asintió.

—¿Estás seguro con él? —quiso confirmar.

De nuevo Sergio asintió aun llorando.

—Muy bien —dijo el tipo—. Vámonos.

—Gracias señor, muchas gracias —repitió el viejo—. ¿A dónde ibas? —Volteó los ojos al niño— Fue muy peligroso lo que hiciste. Si necesitas que te lleve a alguna parte me lo pudiste haber dicho.

—Tengo que encontrar al gato. Él me dijo que lo buscara y siento que él está aquí, en Juárez. —Seguía en pleno llanto— Él me dijo que podía ir con él.

—No puedes pequeño, ya no puedes —comenzó el viejo—, el ya no está aquí.

—Sí, aquí esta. Lo voy a encontrar.

—Oscar murió —soltó de pronto don Juan.

El ratón lo miró con coraje. Temblaba y apretaba los dientes.

—No es cierto, ¿por qué me diría eso?

—Porque es verdad. Un día dejó de ir a firmar el señor Robles, de la familia que lo adoptó. Le comunicó a la directora que había fallecido en un accidente.

—No, eso no es cierto. Usted está mintiendo. Eso no es cierto. —Los gritos se escucharon a varios metros. Los traileros ya distantes voltearon de reojo.

—Lo siento mucho hijo, pero es verdad —decía el viejo sin soltar al pequeño—, ustedes fueron inseparables en el tiempo que coincidieron. Hay un lazo que formaron y ha sido difícil para ti soltarlo.

—No es cierto, no es cierto —repetía el niño.

—No te quisimos decir. Al menos yo tuve el miedo de una reacción como esta, pero sabía que tarde o temprano te enterarías. Por Dios que no quería que fuera de esta forma. Es normal que sientas ese odio, no te culpo. Eres muy pequeño para entenderlo, que es parte de la vida.

—¿Qué le pasó?

—No sabemos con certeza, no nos dieron los detalles.

—¿Usted nunca lo vio muerto?

—¿Cómo?

—En una caja en un...

—¿Féretro? No, no había razón para hacerlo. Él ya era parte de una familia y me imagino que esa familia se encargó de sepultarlo.

—Entonces usted nunca lo vio ahí dentro —dijo furioso el ratón.

—No. Sin embargo eso no cambia las cosas. Oscar ya no está.

—No lo creo, no sé por qué pero no lo creo.

—Lo entenderás más adelante chico. Por lo pronto, ya nos tenemos que ir a Camargo.

—No quiero regresar allá.

—Tenemos que.

—No quiero —dijo el niño iniciando de nuevo el llanto—. Ya no puedo don Juan. Esperé mucho tiempo, fui paciente y esperé por una promesa que me hizo el gato. Pero ya no puedo, no quiero regresar, no quiero estar en ese lugar. Me quiero ir.

—¿A dónde?

—No lo sé, pero no quiero regresar allá. —Abrazó al viejo con todas sus fuerzas.

4

Sergio corría entre arena y matorrales. Sin luz que lo ayudara. De reojo veía "la puerta" con fines de orientarse. «Noventa grados, debo ir a noventa grados», llevaba un largo tramo recorrido. Por su cabeza rondaron pensamientos confusos, como si alguien los estuviera depositando con un propósito. Pero no eran alucinaciones o sueños, eran recuerdos, eran imágenes que su cerebro había retenido, escondidos. Al fin se detuvo. Volteó a todos lados pero no había nada ni nadie.

—*Llegaste*.

—Llegué. ¿A dónde?

—*Al inicio de tu nueva vida*.

—¿Dónde estás? ¿Quiero verte?

—¿Me extrañaste, enano? —El niño se hizo presente. Vestía todo de blanco.

—¿Gato? —soltó de pronto Sergio sin saber por qué. Los ojos se le llenaron de lágrimas.

—Así es ratón. Lo entendiste.

—*Beto*. Einstein. La relatividad. Por eso no has envejecido.

—Sabía que mi amigo no era un tonto. Ahora es todo un ingeniero —El niño sonreía.

—Pero, tú estás muerto.

—Eso fue lo que ellos quisieron. Así se planeó y así se dijo.

—¿Ellos? Tus amigos, los seres del espacio.

—Si quieres seguir diciéndoles así, por mi está bien. Pero independiente de como los llames, son lo más cercano que vas a tener como padres o abuelos. Nos han cuidado desde pequeños Sergio, desde que naciste te conocen. Han visto cada paso que das. Han estado en cada noche que te has sentido solo. Vienen por ti una noche, se cercioran que estas bien y te dejan ir.

—Así nomás, pero ¿por qué o para qué?

—No lo sé. Pero una vez que vienen por ti en definitiva, todo es increíble. Hay paz, ¿te lo imaginas?

—Paz, tranquilidad.

—No hay preocupaciones.

—Preocupaciones.

—Ninguna. He visto tu vida. He visto en lo que te has convertido y en nada se parece a lo que éramos juntos.

—¿Qué éramos?

—Tremendos. Divertidos. Nadie podía con nosotros.

—Pero éramos solo niños gato.

—Lo seguimos siendo...

—Solo tú. Yo crecí. Continué. Jamás viniste por mí. Ahora que he crecido, ¿Qué hay para mí allá arriba? Para ti hay juegos, hay diversión. Tu no tuviste que estudiar, no tuviste que trabajar, ni mucho menos casarte. —Sergio empezaba a alterarse.

—Y nada de eso fue culpa mía enano.

—Cómo puedes verlo gato, ya no soy ningún enano. —El tipo le lanzó una mirada retadora.

—¡Uy! Perdón señor don Sergio. —Se burló el chico.

—¿Por qué no viniste por mi cuando te adoptaron?

—Hubo cambio de planes. Ellos tenían otro. Fue mi decisión quedarme con ellos. Nadie me forzó.

—Pero tus padres adoptivos ¿Qué pasó con ellos?

—Ellos se encargaron.

—¿Los mataron?

—No pregunté, pero me da igual.

—¿Qué hay de tus verdaderos padres? ¿A ellos también los mataron?

Luces en el cielo: El deseo de irse

—No, ellos están aquí. —Hizo una larga pausa —Y también los tuyos.

Sergio se quedó aturdido.

—Te contaron que hubo un accidente de autobús y que en ellos habían muerto tus padres. Así fue como llegaste al orfanato. Pero todo eso es mentira. La verdad es que ellos están aquí. Y los podrás ver.

El hombre de la bata de hospital estaba petrificado. No podía creer lo que el chico le estaba diciendo.

—Vamos ratoncito. Es tu tiempo. Es tiempo de que recojas los frutos de haber esperado tanto. ¿Recuerdas cuantas veces quisimos escapar de allá? ¿Recuerdas cuantas veces quisimos encontrar a nuestros padres? Pues aquí están. Y te vas a dar cuenta que no son tan necesarios. Que ellos hicieron su parte y eso fue todo. Te lo pongo más sencillo. Aquí los podrás ver, cuantas veces quieras, pero lo más importante es que aquí podrás disfrutarlos. No te regañan. No te abandonan. Solo están aquí cuantas veces quieras. Pero hombre, hay mucho más que eso. Hay una vida después de los padres, sean biológicos o sean adoptivos. Existe vida después de ellos. Y la verdad, es muy divertida.

—Contéstame la pregunta que te hice. ¿Por qué no fuiste por mí?

—Lo hice. Todas esas noches fui a tu casa. Pero no quisiste darte cuenta. Cada noche que tuviste pesadillas, cada tarde que veías al techo, en donde estuvieras. Esas veces que sangraste fue porque hubo una visita y ahí estuve yo. Antes nos visitaron por separado, fue cuando nuestros padres decidieron quedarse con ellos. Luego nos siguieron vigilando ¿Recuerdas la noche en la bodega? Fue nuestro primer viaje. Y pudieron ser muchos más, pero tú querías vivir en la Tierra, querías crecer en la Tierra. Te visité muchas veces y ninguna de ellas pude traerte a la fuerza como yo quería. Ellos me dijeron que aún no era tu tiempo y cuando éste llegara tendría que ser tu decisión. Te visité también cuando vivías con el viejo Juan.

—¿Cómo?

—No lo recuerdas —dijo pensativo el gato—. Don Juan te adoptó de verdad. Hizo los trámites y te llevó a su casa. Te sacó del orfanato. Te crio. Hasta que pudo.

—Murió cinco años después —recordó Sergio—. Nos quedamos en Juárez. Me llevaba todos los días a la escuela. Iba por mí. Me puso al corriente para poder entrar a la prepa. Luego enfermó. Ya era viejo. Conocí a Martha y a sus papás. Ellos me refugiaron con el hermano de mi suegro en lo que encontré un lugar que pudiera pagar yo. Así fue como la conocí.

—Y te abandonó. No cree que me viste. No cree en tus sangrados, ella cree que estás loco, es más, ni siquiera te tuvo el amor o la confianza de decirte que está embarazada.

Luces en el cielo: El deseo de irse

—¿Qué dijiste?

—¿Lo ves?, te sorprende que yo sepa más que tú de la vida de mierda que llevas. Esa es una de las grandes ventajas de estar con ellos, ves cosas que en la Tierra no puedes ni imaginar.

—¿Martha está embarazada? —dijo Sergio aún estupefacto.

—Sí, ¿tú crees? Y eso que varias ocasiones tú le dijiste que no, porque no tienen dinero para mantenerse ustedes solos, imagínate ahora con un latoso bebé…

—Martha está embarazada…

—Y no te lo dijo. Porque no confía en ti. Nadie ha confiado en ti como yo lo he hecho. Ni tus padres, ni la directora Isabel, ni don Juan, mucho menos Martha, ese Raúl y el doctor. Todos te tachan de loco, pues mándalos a la chingada y ven con nosotros. Martha no te dijo que está embarazada porque…

—Porque no lo sabe.

5

Martha y el doctor observaron las luces. Se detuvieron de repente al ver un brillo a la distancia. Habían recorrido quizás cinco kilómetros sin encontrar ni una sola huella que les indicara donde estaba Sergio. De pronto se encendían esas luces. De colores rojo, anaranjado, amarillo, azul y verde. Danzando, brincando. Elevándose hacia el cielo.

—No, Sergio espera —gritó desesperada.

El doctor miraba petrificado las luces. Eran reales, él también las veía.

—Por favor amor, no te vayas.

—Es tarde —dijo el doctor—. No deberíamos acercarnos.

—Pero mi esposo está ahí.

—No podemos hacer nada.

—Mi esposo se ha ido.

—No me fui, amor. —Se escuchó otra voz en la oscuridad.

—¿Sergio?

—Aquí estoy.

Luces en el cielo: El deseo de irse

Ambos se abrazaron y se dieron un beso envuelto en lágrimas. El doctor era solo un espectador en la estampa.

—Felicidades mi amor. Vamos a ser papás —dijo él. La volvió a besar.

—¿De qué hablas?

—Que vamos a tener un hijo.

—Pero, ¿cómo sabes?

—Me lo dijo un amigo.

6

—Amor, apúrate, ya llegaron los del periódico —gritó Martha.

—Ya voy, ya voy.

Sergio terminó de prepararse una bebida. Se apresuró para llegar al comedor. Vestía elegante. Pantalones y camisa de vestir, zapatos relucientes. Era un día especial.

—Ándale Sergio. —Le apresuró su suegro mientras cargaba a su nieto.

—Ya estoy aquí. —Le tendió una bebida a don Raúl.

—Salud socio —dijo el viejo.

—Salud.

Ambos levantaron su copa. El fotógrafo acomodaba a los nuevos dueños del Restaurant "El Rinconcito". Los invitados degustaban muestras de los deliciosos platillos ofrecidos en el renovado establecimiento que antiguamente fundó don Raúl. Esta vez se asociaron para hacer crecer el lugar. El viejo quizás asegurándose de dejarlo en buenas manos y Sergio con el afán de cumplir su sueño sin abandonar a su mentor.

—Ya listos para cortar el listón —dijo Sergio.

—A la una, a las dos y a las tres —los invitados cantaron al unísono.

El comedor se llenó de aplausos y risas. Todos se abrazaban, en especial los nuevos socios. Martha tomó en brazos a su hijo y se acercó a su esposo.

—¿Te puedo robar tantito?

—Claro reina. ¿Qué pasa?

—¿Es esto lo que buscabas?

—No.

—¿No?

—No. Estaba buscando en el lugar equivocado. Siempre tuve todo. Ahora solo tengo más. Y es gracias a ustedes; a todos ustedes. —Señalando a la concurrencia— Y ahora a ti pequeñín.

La familia se fundió en un abrazo.

Acerca del autor

H. E. Saldivar es un escritor chihuahuense nacido en Cuauhtémoc y radicado en Ciudad Juárez.

Para contactarlo:

Correo electrónico: hesaldivar656@gmail.com

 HE Saldivar

 @hesaldivar656

 @HESaldivar656

 @hesaldivar656

 @hesaldivar656

Luces en el cielo: El deseo de irse

H. E. Saldivar

Otros libros por el autor

*Si te los cuento ¿Dormirás?: **Tres encuentros con el diablo***

Compilación de tres relatos publicada de manera independiente en 2023. Disponible en Amazon.

Made in the USA
Middletown, DE
02 November 2024